MARIE FRANCE T.

D0766959

FANTÔMES D'HIVER

Kate Mosse est anglaise. Son précédent roman, *Labyrinthe*, a été traduit dans trente-cinq langues et a connu un immense succès international. Cofondatrice et présidente honoraire de l'Orange Prize for Fiction, Kate Mosse partage sa vie entre le Sussex et Carcassonne.

Paru dans Le Livre de Poche :

LABYRINTHE

SÉPULCRE

KATE MOSSE

Fantômes d'hiver

ROMAN TRADUIT DE L'ANGLAIS PAR VALÉRIE ROSIÈR

Illustré par Brian Gallagher

JC LATTÈS

Titre original :

THE WINTER GHOSTS
Publié par Orion Books,
une division de The Orion Publishing Group Ltd

« Connus de Dieu seul[1]. »

Rudyard KIPLING.

---

1. Épigraphe gravée sur les croix et monuments dédiés à la mémoire des soldats et aviateurs inconnus.

Lo Vièlh Ivèrn

Lo vièlh Ivèrn ambe sa samba ranca
Ara es tornat dins los nòstres camins
Le nèu retrais una flassada blanca
E'l Cerç bronzís dins las brancas dels pins.

Le Vieil Hiver

Le vieil hiver est de retour
Il tourne et vire sur nos chemins
Sa blanche neige recouvre tout
Le Cers gémit dans les brunches des pins.

Chant traditionnel occitan

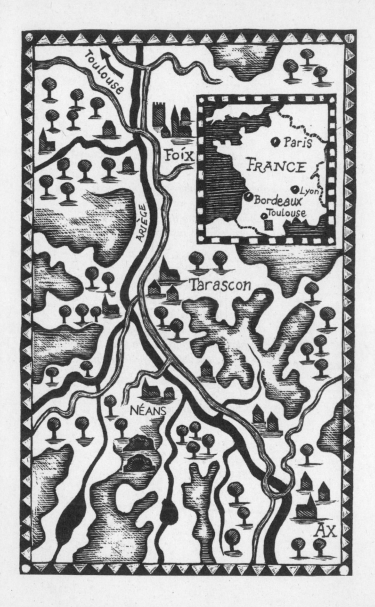

La rue des Pénitents-Gris

Il marchait pas à pas, comme un homme revenu depuis peu au monde et à lui-même. Avec précaution, et délectation.

Il était grand, rasé de frais, peut-être un peu trop mince. Dans son costume de Savile Row en fine laine à chevrons, coupé large aux épaules, étroit à la taille, avec ses gants fauve assortis à son feutre mou, il avait l'allure d'un Anglais sûr de son bon droit d'évoluer là, dans cette rue, par ce délicieux après-midi printanier.

Mais les apparences étaient trompeuses.

Car sa démarche était un peu trop prudente, un peu trop hésitante, comme s'il ne parvenait pas à croire tout à fait en la stabilité du sol sous ses pieds. Et puis il ne cessait de jeter des coups d'œil furtifs à droite, à gauche, comme si aucun détail, même infime, ne devait lui échapper.

Toulouse passait pour l'une des plus belles villes du sud de la France. Et Freddie était sensible à cette beauté, à l'élégance de ses édifices du XIXe siècle, au passé médiéval qui dormait sous ses pavés et colonnades, au clocher et au cloître de Saint-Étienne, au large fleuve qui divisait la cité en deux. La Ville rose… c'était à ses façades de brique rose dont la couleur chantait sous le soleil d'avril que Toulouse devait son surnom. Elle avait peu changé depuis sa dernière visite, à la toute fin des années 1920. À l'époque, Freddie était un homme en loques, dévoré par le chagrin.

Les choses avaient évolué depuis.

Freddie avait à la main un morceau de nappe en papier. Le patron du restaurant de Bivent où il avait déjeuné d'un filet mignon et d'un bordeaux capiteux y avait griffonné des indications. Dans sa poche de poitrine gauche se trouvait une lettre tavelée par les siècles et sentant la poussière. C'était elle, et l'occasion qu'il avait eue, enfin, d'y revenir, qui le ramenait à Toulouse aujourd'hui. Les montagnes où il avait par hasard trouvé cette missive signifiaient beaucoup pour lui et, bien qu'il ne l'ait jamais vraiment lue, la lettre lui était infiniment précieuse.

Freddie traversa la place du Capitole en se dirigeant vers la basilique Saint-Sernin par un réseau de ruelles et d'étroits passages remplis de bars à vins, de caf'-conc', de caveaux où l'on jouait du jazz et déclamait de la poésie, de restaurants sans lumière. Des promeneurs déambulaient dans la tiédeur de l'après-midi, couples d'amoureux, familles nombreuses, bandes de copains. Après ce quartier de placettes et de venelles, il déboucha dans la rue du Taur et la longea pour arriver enfin au coin de la rue qu'il cherchait. Là, Freddie hésita un instant, comme y réfléchissant à deux fois, puis il continua, d'un pas décidé cette fois, traînant son ombre derrière lui.

À la moitié de la rue des Pénitents-Gris se trouvait une librairie de livres anciens. Sa destination. Il s'arrêta pile pour lire le nom du propriétaire peint en lettrages noirs au-dessus de la porte. Fugitivement, sa silhouette s'imprima sur l'édifice. Puis il changea de position et la vitrine fut de nouveau baignée d'une lumière dorée qui fit étinceler la grille métallique.

Freddie contempla un moment les livres exposés, d'antiques volumes rehaussés à la feuille d'or, des reliures en cuir noires et rouges dont les dos portaient des noms illustres, Montaigne, Anatole France, Maupassant. Et puis ceux d'auteurs moins connus, Antonin Gadal, Félix Garrigou, ainsi que des recueils fantastiques d'Algernon Blackwood, Henry James, Sheridan le Fanu.

Maintenant ou jamais, se dit-il.

La vieille poignée était dure, et la porte un peu voilée racla la dalle de pierre sous sa poussée. Une clochette tinta quelque part au fond de la boutique. Le sol tapissé d'une épaisse natte de jonc crissa sous les semelles de ses chaussures quand il entra.

— Il y a quelqu'un ? lança-t-il dans un français un peu rouillé.

Le contraste entre la clarté du dehors et le patchwork d'ombres à l'intérieur le fit cligner des yeux. Mais il régnait dans la boutique une agréable odeur de cire, de colle et de papier. Des particules de poussières dansaient dans les rais de lumière filtrante. Il était sûr à présent d'être au bon endroit, et il sentit quelque chose se dénouer en lui. Le soulagement d'avoir réussi à venir jusqu'ici et, du moins l'espérait-il, d'être arrivé à bon port.

Freddie ôta son chapeau, ses gants, et les posa sur un long comptoir en bois. Puis il plongea la main dans la poche de sa veste et en sortit l'enveloppe cartonnée.

— Monsieur Saurat ? appela-t-il une deuxième fois.

Il entendit un bruit de pas, puis la petite porte au fond de la boutique grinça en tournant sur ses gonds, et un homme s'avança. Une montagne de chair, telle fut sa première impression en le voyant, avec des plis de graisse au cou et aux poignets, un visage lisse sans rides aucune sous une tignasse blanche. Rien à voir avec l'érudit en littérature médiévale que Freddie imaginait.

— Monsieur Saurat ?

L'homme acquiesça d'un hochement de tête, sans manifester le moindre intérêt, au contraire. Plutôt une sorte de lassitude blasée envers un visiteur de passage.

— J'ai besoin d'aide pour une traduction, déclara Freddie en posant l'enveloppe sur le comptoir. On m'a dit que vous pourriez être l'homme qu'il me faut.

Sans quitter Saurat des yeux, Freddie sortit précautionneusement la lettre de son enveloppe. C'était une feuille épaisse d'un beige écru sali et d'une matière qui n'était pas du papier, couverte d'une écriture tarabiscotée.

Freddie vit le regard de Saurat se poser négligemment sur la feuille, puis s'aiguiser sous l'effet de la stupéfaction, voire de l'avidité.

— Puis-je ?

— Je vous en prie.

Sortant une paire de bésicles de sa poche d
trine, Saurat se les coinça sur le bout du nez. D
sous le comptoir, il tira une paire de gants en l
qu'il enfila. Tenant précautionneusement la lettr
un coin entre l'index et le pouce, il l'orienta v
lumière.

— Un parchemin. Sans doute de la fin du M
Âge.

— En effet.

— Écrit en occitan, l'ancien parler de cette ré
— Oui, confirma Freddie, car tout cela, il le s
déjà.

Saurat lui jeta un regard peu amène, puis il r
à la lettre. Après avoir inspiré profondément, il
mença à lire les premières lignes, d'une voix
namment claire :

— « *Os, ombres et poussière. C'est la fin*
autres ont disparu, happés par les ténèbres. Il ne
que moi. Pour m'entourer en mes derniers inst
seul subsiste le souvenir de ceux que j'ai aimé.
vibre tel un écho dans l'air immobile. Solit
silence. Peyre sant. »

Saurat s'interrompit et considéra, cette fois ave
intérêt non dissimulé, l'Anglais réservé qui se te
devant lui. Il n'avait pas l'apparence d'un collecti
neur, mais qui sait ?

Il s'éclaircit la gorge.

— Puis-je savoir d'où vous tenez ce docum
monsieur… ?

— Puis-je ?

— Je vous en prie.

Sortant une paire de bésicles de sa poche de poitrine, Saurat se les coinça sur le bout du nez. De dessous le comptoir, il tira une paire de gants en lin fin qu'il enfila. Tenant précautionneusement la lettre par un coin entre l'index et le pouce, il l'orienta vers la lumière.

— Un parchemin. Sans doute de la fin du Moyen Âge.

— En effet.

— Écrit en occitan, l'ancien parler de cette région.

— Oui, confirma Freddie, car tout cela, il le savait déjà.

Saurat lui jeta un regard peu amène, puis il revint à la lettre. Après avoir inspiré profondément, il commença à lire les premières lignes, d'une voix étonnamment claire :

— « *Os, ombres et poussière. C'est la fin. Les autres ont disparu, happés par les ténèbres. Il ne reste que moi. Pour m'entourer en mes derniers instants, seul subsiste le souvenir de ceux que j'ai aimés. Il vibre tel un écho dans l'air immobile. Solitude, silence. Peyre sant.* »

Saurat s'interrompit et considéra, cette fois avec un intérêt non dissimulé, l'Anglais réservé qui se tenait devant lui. Il n'avait pas l'apparence d'un collectionneur, mais qui sait ?

Il s'éclaircit la gorge.

— Puis-je savoir d'où vous tenez ce document, monsieur… ?

— Watson, dit Freddie et, sortant une carte de sa poche, il la fit claquer en la posant sur le comptoir, entre eux. Frederick Watson.

— Vous êtes conscient que ce document a une certaine valeur, du point de vue historique ?

— Pour moi, sa valeur est purement personnelle. Ainsi que sa signification.

— Il n'empêche… Se trouve-t-il dans votre famille depuis longtemps ?

Freddie marqua une hésitation.

— Y a-t-il un endroit où nous pourrions parler à notre aise ?

— Bien sûr.

Saurat lui indiqua d'un geste une alcôve située dans l'arrière-boutique, où une petite table de bridge était entourée de quatre fauteuils en cuir.

— Je vous en prie.

Freddie reprit la lettre et s'assit, tout en observant Saurat. Le libraire plongea de nouveau derrière le comptoir, pour en sortir cette fois deux gros verres sans pied et une bouteille d'eau-de-vie d'un jaune doré velouté. En le voyant évoluer, Freddie songea qu'il possédait une grâce et une délicatesse étonnantes, pour un homme si corpulent. Saurat les servit généreusement, puis il s'installa dans le fauteuil face à lui. Le cuir gémit sous son poids.

— Alors, vous pourriez me le traduire ?

— Bien sûr. Mais je suis curieux de savoir comment vous êtes venu en possession d'un tel document.

— C'est une longue histoire.

— J'ai tout mon temps, répliqua Saurat avec un haussement d'épaules.

Se penchant en avant, Freddie posa ses doigts en éventail sur le tapis de feutre vert et y dessina lentement des motifs invisibles.

— Dites-moi, Saurat, croyez-vous aux fantômes ? reprit-il, et il vit son interlocuteur esquisser un sourire.

— Je suis tout ouïe.

Freddie poussa un petit soupir de soulagement. Ou d'autre chose ; une émotion plus difficile à définir.

— Eh bien, voilà, dit-il en se radossant. L'histoire commence il y a cinq ans, pas très loin d'ici.

ARIÈGE

Décembre 1928

Tarascon-sur-Ariège

Il faisait un sale temps quand je montai à bord du train qui assurait la correspondance avec le ferry pour Calais, une nuit de la fin novembre, quelques jours avant mon vingt-septième anniversaire.

Aucune attache ne me retenait en Angleterre, et ma santé, en ce temps-là, était mauvaise. J'avais passé quelque temps en sanatorium et m'étais efforcé ensuite de trouver ma voie. J'avais fait un bref passage dans une étude d'architecture religieuse comme simple assistant, travaillé un mois comme courtier dans une compagnie d'assurances, mais cela n'avait rien donné. Apparemment je n'étais pas fait pour le travail, ni lui pour moi. Après une grippe particulièrement méchante, mon médecin me suggéra de partir pour la France visiter l'Ariège, ses ruines et ses châteaux. Selon lui, ce périple ferait du bien à mes nerfs ébranlés, et l'air pur des montagnes m'aiderait peut-être à me rétablir, quand tout le reste avait échoué.

Je m'embarquai donc, sans avoir réfléchi à un itinéraire précis. Durant cette promenade en auto sur le continent, la solitude ne me pesait pas plus qu'en Angleterre, où les quelques relations et amis qui me restaient ne comprenaient pas pourquoi je ne pouvais oublier. Une décennie avait passé depuis l'Armistice. Et je n'étais pas le seul à souffrir de la perte d'un proche. La Grande Guerre n'avait épargné aucune famille, et pourtant la vie continuait.

Pas pour moi. Au contraire, au fil du temps et des saisons allant du vert intense à l'or pourpre, j'étais de moins en moins capable d'accepter la mort de mon frère, et je me refusais à croire en sa disparition. J'avais eu beau passer par toutes les phases attendues, incrédulité, déni, colère, regret, le chagrin n'avait pas desserré son emprise. Je méprisais l'être misérable que j'étais devenu, mais semblais incapable d'y remédier. Quand j'y repense aujourd'hui, je me dis que l'homme qui regardait depuis le pont du ferry les blanches falaises de Douvres s'éloigner n'avait sans doute pas l'intention de revenir.

Pourtant ce changement de décor me fut de quelque secours. Quand j'eus dépassé les villes et villages du Nord encore imprégnés de l'odeur des combats, je me sentis moins enlisé dans le passé que je ne l'étais chez moi. Ici, en France, j'étais un étranger. Rien ni personne ne m'obligeait à me réadapter à une quelconque vie sociale. Inconnu de tous, je ne décevrais personne. Et si je ne goûtais pas comme j'aurais dû au spectacle qui m'entourait, le simple fait de rouler, puis de devoir trouver le gîte et le couvert suffisait à remplir mes journées.

Quant à mes nuits, c'était une autre affaire.

Or donc, deux semaines plus tard, le 15 décembre, j'arrivai à Tarascon-sur-Ariège, sur les contreforts pyrénéens. C'était en fin d'après-midi, et j'étais tout courbatu d'avoir cahoté sur ces mauvaises routes de montagne. Dans ma petite berline, il faisait à peine plus chaud que dehors, les vitres étaient embuées par la condensation, et je devais régulièrement essuyer le

pare-brise avec ma manche, qui était à présent trempée.

J'arrivai à la petite ville par l'avenue de Foix, dans
la lueur rose de l'après-midi finissant. Le soleil se
couche tôt dans ces hautes vallées, et il faisait déjà
très sombre. Devant moi un mince clocher du
XVIIIe siècle perché sur une saillie vertigineuse semblait posté en sentinelle pour accueillir le voyageur
solitaire. La ville me plut tout de suite et m'inspira
confiance. Sise là, elle semblait occuper dans le
monde la place qui lui revenait. Avec ses étroites rues
pavées, elle évoquait la permanence du temps dans
ce qu'il a de bon, alliée aux exigences du XXe siècle.

Par la vitre entrouverte de ma voiture filtrait cette
odeur un peu âcre de feu de cheminée qui rappelle
aussi la douceur de l'encens. En voyant de la lumière
aux fenêtres des petites maisons et des serveurs en
longs tabliers noirs évoluer entre les tables d'un café,
j'eus envie de m'intégrer moi aussi à ce décor, et
décidai de m'arrêter pour la nuit.

Au croisement avec le Pont Vieux, je dus freiner
brusquement pour ne pas percuter un homme juché
sur un vélo. Le faisceau de sa lampe à acétylène sau-
tillait à mesure qu'il faisait des écarts pour éviter les
nids-de-poule de la route. Tandis que je le laissais
passer, mon œil fut attiré par la vitrine brillamment
éclairée d'une boulangerie, juste en face. Une jeune
vendeuse dont les cheveux bruns s'échappaient de sa
coiffe se baissait pour prendre avec une pince une
pâtisserie qui ressemblait à un jésuite, ou à un éclair
au café.

Le temps a passé et la mémoire n'est pas toujours fidèle, mais je la vois encore suspendre son geste pour m'adresser un sourire timide avant de déposer le gâteau dans un carton et de nouer le tout d'un ruban. Un instant, ce fut un infime rayon de lumière pénétrant le vide obscur de mon cœur. Il s'éteignit aussitôt, sous le poids de tout ce qui avait précédé.

Je trouvai sans mal à me loger au Grand Hôtel de la Poste, qui se targuait d'offrir un garage privé à ses clients. Mon Austin Seven jaune en était le seul occupant, mais il y avait une station-service un peu plus loin sur la rue, le garage Fontez, et tout cela faisait penser qu'à Tarascon, les choses évoluaient dans le bon sens. J'en eus la confirmation en signant le registre. Le patron de l'hôtel m'informa qu'une usine d'aluminium venait de s'implanter. Selon lui, elle apporterait la prospérité à la région et donnerait aux jeunes le moyen de demeurer au pays.

Je n'ai plus souvenir de notre conversation dans le détail. À cette époque, je n'avais plus le goût d'échanger des banalités, et les bavardages un peu vains me portaient sur les nerfs. Ces dix années de deuil avaient émoussé ma sociabilité jusqu'à la faire disparaître. George cheminait toujours à mon côté, c'était mon seul compagnon véritable, le seul être auprès duquel je pouvais m'épancher. Je n'avais besoin de personne d'autre.

Mais cet après-midi de décembre, dans ce petit hôtel, ce bref aperçu de la façon dont les autres gens vivaient me fit regretter de ne pouvoir apprendre à faire de même. Encore aujourd'hui, je me rappelle l'enthousiasme de cet homme parlant de son pays et de sa renaissance, son optimisme, son ambition pour sa ville. Quel contraste avec mes horizons bornés ! Comme toujours dans de tels moments, je me sentis plus que jamais en dehors, et ce fut un soulagement quand il me laissa défaire mes bagages et me rafraîchir après m'avoir montré ma chambre.

Elle était au premier étage et avait une vue assez agréable sur la rue. Une grande fenêtre aux persiennes repeintes de frais, un lit pour une personne pourvu d'un épais édredon, un cabinet de toilette, un fauteuil. Simple, propre, anonyme. Les draps étaient froids au toucher. Nous allions bien ensemble, la chambre et moi.

La tour du Castella

Je défis mes bagages, me débarbouillai le visage et les mains, puis je m'assis pour contempler l'avenue de Foix tout en fumant une cigarette.

Avant le dîner, je décidai de faire un tour en ville à pied. Il était encore tôt, mais la température avait chuté et les différents commerces – cordonnerie, pharmacie, boucherie, mercerie – avaient déjà fermé boutique en accrochant leurs volets qui s'alignaient, aveugles, opaques, tels des yeux morts.

J'arpentai le quai de l'Ariège en tournant le dos au pont de pierre qui enjambait le fleuve, là où les eaux blanches de l'Ariège et du Vicdessos se rencontrent. Je marchai un moment dans la pénombre en ralentissant le pas, puis poursuivis mon chemin sur la berge droite de la rivière. Là, m'avait-on dit, se trouvait le Mazel-Viel, le quartier le plus ancien et le plus caractéristique de la ville.

Je traversai un joli jardin, bien morne en cet hiver et parfaitement assorti à mon humeur. Selon un rite qui m'était devenu familier, je fis une pause devant le monument aux morts édifié en l'honneur de ceux qui étaient tombés sur les champs de bataille d'Ypres, Mons et Verdun. Même à Tarascon, si loin du théâtre des hostilités, il y avait tant et tant de noms gravés dans la pierre.

Juste derrière le monument, une allée bordée de sapins et de pins noirs rabougris menait à la porte en fer forgé du cimetière. Seules les ailes pointues des anges ainsi que les cimes des croix plantées sur un ou deux tombeaux plus sophistiqués dépassaient des hautes murailles. Un instant, je fus tenté de le visiter, mais je résistai à mon élan. J'avais mieux à faire que de traîner parmi les morts, et je m'apprêtais à m'éloigner quand je l'aperçus.

Cela dura une fraction de seconde. Était-ce un jeu de lumière dessiné par le soleil déclinant, ou bien mes yeux eux-mêmes qui me jouaient un tour ? Je le vis, debout sur les vieilles marches de pierre, juste devant moi. Tressaillant de bonheur, je levai la main pour lui faire signe. Comme au bon vieux temps.

— George ?

Son nom résonna dans le silence. Je sentis mes côtes se contracter en grinçant comme le mécanisme fatigué d'une vieille horloge, et mon bras retomba contre mon flanc.

Il n'y avait personne. Il n'y aurait jamais personne.

La cloche de l'église sonna quatre heures et les tintements s'égrenèrent dans l'air humide avant de s'éteindre. À vrai dire, à cette époque, je redoutais de le voir, et pleurais quand il ne venait pas. Les rares fois où il se montrait, je ressentais une telle exultation qu'un instant, j'étais persuadé qu'il était toujours en vie. Que tout cela n'avait été qu'une erreur stupide.

Alors je me souvenais, et mon esprit défaillant se repliait une fois de plus sur lui-même.

« George », murmurai-je encore. Puis, fourrant mes mains dans mes poches, je m'affalai sur le rebord du monument aux morts, accablé par la futilité de mes espérances. En m'appuyant contre la pierre, je sentis les noms des défunts dans mon dos, presque comme s'ils se gravaient sur ma peau.

Une image familière se glissa dans mon esprit, celle d'une photographie. Jadis, elle était posée sur le buffet de la maison, dans un cadre en écaille. À présent, elle voyageait sans cadre au fond de ma valise. Prise en septembre 1914, elle était tirée dans les tons sépia du passé. Ma mère occupe le centre du tableau, belle et hautaine dans son corsage à col montant agrafé d'une broche. Debout derrière elle, de chaque côté, il y a mon père et George, fier dans son uniforme, avec sur sa casquette l'insigne de l'ordre de la Jarretière, avec son étoile sur la Plume Roussillon. Le capitaine George Watson, Royal Sussex Regiment, 39ᵉ division.

Quant à moi, je suis assis un peu à l'écart ; un adolescent de treize ans ingrat et manquant d'assurance, avec ses cheveux aplatis qui rebiquent d'un côté. À l'instant du déclic, je me suis détourné de l'objectif pour regarder vers George. Depuis, j'ai maintes fois examiné la photographie en essayant de déchiffrer l'expression de mes yeux. Que cherchais-je au juste en le regardant ? Sa sympathie, son approbation ? Ou bien était-ce la colère qui animait mon regard, la rage impuissante d'un enfant obligé de se prêter à cette comédie ? Je l'ignore. J'ai eu beau scruter cet instantané poussiéreux un nombre incalculable de fois en essayant de me rappeler mon état d'esprit du moment, je n'y suis jamais parvenu.

Deux jours plus tard, George fut appelé en France à rejoindre le 13e bataillon. Ce dont je me souviens, en revanche, c'est de la fierté sans bornes de mes parents, et de mon indicible terreur, comme si je sentais d'avance que cette route-là ne conduirait pas à la gloire.

Combien de temps suis-je resté assis sur le rebord du mémorial, dans la froidure qui s'immisçait malgré les épaisseurs de mon manteau et de mon costume en tweed ? Le temps est élastique, il se dilate, se contracte, mais ne s'arrête pas quand on en aurait le plus besoin. Je songeais à mes parents, distants, indifférents. À George, à tous ceux qui étaient morts et dont le souvenir s'estompait au fil des ans. En vérité, depuis la mort de George, la vie m'était un fardeau. Je ne voyais pas l'intérêt de continuer.

Rétrospectivement, je comprends que toutes les émotions qui m'assaillaient alors s'enchaînaient en culbutant les unes sur les autres comme une suite de dominos. Illusion, espoir, nostalgie... Un chemin somme toute bien battu. Dix ans de deuil, ça laisse des traces. Le cœur n'en sort pas indemne.

Enfin, je rassemblai mes esprits et me relevai, en remerciant l'obscurité qui m'enveloppait. Je m'arrêtai un moment devant l'église et m'efforçai de déchiffrer la notice manuscrite affichée sur le mur extérieur. Apparemment, le nom *La Daurade* était dérivé de « *La Dauorado* », qui signifie dans le dialecte du pays « la Dorée ». Il faisait référence à la statue de la Vierge que l'église avait autrefois abritée. J'aurais voulu qu'une étincelle ranime mon intérêt, ne serait-ce que par respect pour mon passage-éclair dans une étude d'architecture religieuse. Mais cela me laissait froid, et mes pensées me ramenaient sans cesse en arrière, aux morts qui dormaient dans la terre glacée. Os éclatés, boue, sang. Sépultures laissées à l'abandon, envahies par les mauvaises herbes.

Non, me dis-je en secouant la tête pour chasser les images de fils barbelés, membres enchevêtrés, piégés, arrachés, associées aux dernières heures de George. Je refusai de me laisser hanter par elles, je ne voulais pas entendre le fracas des armes, les hurlements des hommes et des chevaux abattus par une pluie de balles, un nuage de gaz toxique, ou la terre qui cédait soudain sous leurs pieds après l'éclatement d'un obus.

L'ennui, c'est que j'en savais trop ou pas assez. Après les dix années où j'avais tenté de découvrir ce qui était arrivé à George en ce jour fatal de 1916, je ne pouvais au bout du compte que faire des suppositions d'après toutes les informations que j'avais pu récolter. Mais, au lieu de m'aider à accepter sa mort et à passer le cap, la violence de ce que j'avais appris n'avait fait que me détruire plus encore.

De nouveau, j'essayai de me changer les idées en contemplant la beauté de l'église, son harmonieuse symétrie, le travail délicat de la pierre et, de nouveau, je regrettai que ces fragments d'histoire aient perdu le pouvoir de m'émouvoir comme ils le faisaient jadis. Mes doigts raides gantés de cuir glissèrent vers la partition du *Concerto brandebourgeois n° 3* qui se trouvait dans la poche de mon manteau. Un investissement de deux shillings six pence, autre tentative pour me rappeler ce qui jadis avait eu pour moi tant de valeur. Mais la musique, comme le reste, avait perdu son charme. Je n'étais plus ému par les cadences ascendantes de Vaughan Williams, les septièmes descendantes d'Elgar. Et le miracle renouvelé du printemps, la blancheur neigeuse des pommiers en fleurs, le jaune d'or des buissons de genêt, le tapis diapré des campanules et jacinthes bleues dans les sous-bois, me laissait indifférent. Rien ne me touchait. Plus rien ne comptait depuis le jour où le télégramme était arrivé :

PORTÉ DISPARU. PRÉSUMÉ MORT.

Je continuai ma promenade solitaire en traversant la place des Consuls, sans me soucier du froid qui me mordait les joues et me gerçait les oreilles. Il y avait bien quelques bruits de-ci de-là derrière des volets fermés, cliquetis de vaisselle, éclats de voix, crachotement d'un poste de TSF. Mais seul celui de mes bottes claquant sur les pavés m'accompagnait.

Je suivis les escaliers qui montaient en sinuant à travers la vieille ville jusqu'au pied de la tour du Castella,

la sentinelle que j'avais remarquée à mon arrivée dans Tarascon. De ce point de vue, je découvris la chaîne des Pyrénées qui formait comme un anneau enserrant la ville. Sur l'horizon se découpait le sommet neigeux du Roc de Sédour, d'un blanc spectral sur le ciel noir. Vers le sud plongeaient les gorges du Vicdessos.

Dans le quartier Saint-Roch, les illuminations du château Piquemal me rappelèrent la promenade de

Bognor Regis, cette station balnéaire du Sussex. Les jardins potagers et *cabanes* des maraîchers qui bordaient l'avenue de Sabart disputaient la place aux maisons qui avaient poussé telles des mauvaises herbes dans le quartier de la gare. Tout au bout, à l'extrémité sud de la vallée, s'étalaient les bâtiments tout récents de l'usine dont les volumes longs et plats me rappelaient les serres du jardin clos de mon enfance. À présent, c'étaient eux les gardiens modernes des montagnes et de leurs rythmes ancestraux.

Les cheminées crachaient des nuages de fumée blanche que teintaient sinistrement de bleu, de vert ou de jaune les métaux en fusion : aluminium, cobalt ou cuivre. L'air était imprégné de cette odeur de brûlé typique des sites industriels, et de la marche du temps.

Il n'était pas possible d'entrer dans la tour du Castella. Sa petite porte d'entrée était verrouillée et à mi-hauteur, une fenêtre était condamnée par un grillage. Des herbes folles poussaient tout autour de son pied. La pierre grise était recouverte de mousse et de lichen.

L'à-pic sur lequel la tour était construite donnait déjà le vertige. Il n'y avait pas de barrière ni de garde-fou, rien à quoi l'intrépide visiteur qui avait grimpé jusque-là puisse se raccrocher, si jamais il glissait ou faisait un faux pas.

Quand je baissai les yeux, le vertige me saisit. Sans doute à cause du froid, de l'étroitesse de la corniche où je me trouvais, de la vaste obscurité environnante. Comme il serait facile d'en finir, songeai-je un instant. Fermer les yeux, avancer d'un pas dans ce ciel qui me tend les bras. Ne rien sentir durant la chute, sinon la caresse de l'air, puis les eaux écumeuses de l'Ariège en dessous. Je pensai au revolver caché dans ma grosse valise en cuir, sous mon pull jacquard sans manches, un Webley identique à la vieille arme de service de George, que je n'avais pu me résoudre à utiliser.

Je l'avais acquis à Londres cinq ans plus tôt, durant l'un de mes rares moments de volonté, peu de temps avant ma dépression nerveuse et le séjour de plusieurs mois dans un sanatorium qui avait suivi. En me faufilant à la hâte dans une ruelle à la Dickens de l'East End, noire de suie, puant la résignation et le gin bon marché, je m'étais rendu à une adresse que m'avait glissée Simpson, l'un des officiers subalternes de George. Simpson n'était plus qu'une épave, il buvait comme un trou pour oublier sa honte d'être le seul rescapé. Aussi comprenait-il mieux que d'autres l'importance d'une solution rapide et radicale pour mettre un terme à ses jours quand la vie devient un fardeau trop lourd. J'avais choisi d'acheter ce revolver en particulier, sachant que George en avait possédé un, et un temps j'en avais retiré un certain courage. Mais je m'étais vite dégonflé. Je n'avais même jamais chargé le revolver.

Debout au pied de la tour, sur l'à-pic qui dominait Tarascon, je sentis le sang me monter à la tête. Peut-être le moment était-il enfin venu de commettre cet acte décisif. De rejoindre George. Mais mon exultation retomba aussitôt. Comme chaque fois, coupée

dans son élan, elle se retira toute penaude, la queue
entre les jambes. Moi-même je reculai du bord, et
cherchai à tâtons la sécurité de la pierre dans mon dos.

Il me fallut attendre quelques minutes pour ne plus
avoir le tournis. Puis je redescendis les larges marches
creusées par le temps jusqu'aux rues en dessous.
Qu'est-ce qui m'avait arrêté ? Le courage, la couar-
dise ? Je ne saurais le dire. Aujourd'hui encore, j'ai
du mal à distinguer entre ces deux imposteurs.

*
*　*

Plus tard, après un modeste dîner dans le restaurant
en face de l'hôtel, peu désireux de rester seul avec
mes pensées, je me mis en quête d'un bar dans le
faubourg Sainte-Quitterie, où les habitués accep-
teraient sans poser de question la compagnie d'un
étranger.

De leurs voix rudes et grasseyantes, ils parlaient
avec fierté de l'avenir de Tarascon. Et tout en levant
mon verre à la prospérité de la ville, je comprenais
ce besoin d'aller de l'avant, d'oublier. Avec tambours
et trompettes, une usine s'ouvrait, proclamant à qui
voulait l'entendre que le monde continuait sa marche,
qu'il fallait saisir l'avenir à pleines mains, au lieu de
ruminer des idées noires. Que les paysages dévastés
des Flandres devaient s'estomper des mémoires.
Certes il fallait honorer les morts, chérir leur souvenir,
mais surtout regarder vers demain. Le jazz, les filles
et leurs cheveux coupés au carré, le faux chic des

nouveaux bâtiments de Piccadilly, tout cela valait le coup. Au moins fallait-il faire comme si.

À mesure que la soirée se noyait dans les brumes du vin rouge et du tabac gris, je me souviens vaguement d'avoir tenté d'expliquer à mes compagnons de beuverie pourquoi, dix ans après, je ne parvenais toujours pas à oublier. Les néons clignotants, les avenues grouillantes de monde ne suffisaient pas à étouffer les voix des disparus. Nos bien-aimés étaient là, tout proches, au point qu'on les apercevait parfois du coin de l'œil.

Mais personne ne fut sensible à mes élucubrations proférées dans un français maladroit. Et puis malgré les rituels qui entourent un deuil, on est toujours seul à remâcher son chagrin. Aussi la soirée finit-elle par des poignées de main, une tape sur le dos. Un peu de chaleur humaine, mais aucun véritable échange.

Quand je finis par me mettre au lit, j'étais agité et je n'avais pas du tout envie de dormir. La nuit avança au rythme du tintement de la cloche qui sonnait les heures. Quand enfin je sombrai dans le sommeil, l'aube pâle s'infiltrait par les fentes des persiennes en bois.

Si je vous raconte cette soirée-là en détail, Saurat, ce n'est pas que Tarascon ait une quelconque importance à mes yeux. Cela aurait pu être n'importe quelle ville de ce coin du sud de la France. Mais il me faut reconstituer par le menu cette nuit banale en elle-même afin que vous compreniez bien que rien ne présageait ce qui allait advenir. Comme d'habitude à cette époque, je me noyais complaisamment dans les souvenirs et l'auto-apitoiement. Il y avait eu des nuits

pires que celle-là, d'autres meilleures. J'étais enlisé
jusqu'au cou dans un no man's land affectif, où je
ne pouvais ni avancer ni reculer.

Pourtant, sans que je m'en doute, elle me guettait
déjà, cachée dans les collines. À l'affût, elle m'attendait.

Sur la route de Vicdessos

Durant les jours les plus sombres de mon séjour en sanatorium, puis durant ma convalescence chez mes parents dans le Sussex, l'aube était le moment de la journée que je redoutais le plus. C'était au petit jour que la vanité de mon existence contrastait le plus âprement avec la nature qui s'éveillait autour de moi. Le bleu du ciel, lcs arbres qui reprenaient vie au printemps, le dessous argenté des feuilles miroitant dans la brise, la chélidoine et le cerfeuil sauvage piquetant les haies étaient autant d'affronts qui se moquaient de mes idées noires.

Rétrospectivement, la raison de ma dépression tombe sous le sens, mais sur le moment elle n'était pas si évidente à comprendre. Pour mon entourage, mes parents en tout cas, il semblait bizarre, pour ne pas dire de mauvais goût, que j'aie attendu si longtemps avant de m'effondrer. Ce ne fut que six ans après la mort de George que mon esprit s'avoua vaincu, même si en réalité il avait subi une lente et régulière détérioration.

Nous dînions dans un restaurant non loin de chez Fortnum & Mason pour fêter mes vingt et un ans. Je me rappelle encore le picotement du champagne Montebello 1915 sur ma langue, le millésime fourni par Fortnum à l'expédition Everest cette année-là. Mais alors que mes parents et moi buvions dans un silence crispé, une ombre était assise à notre table. Le ciment qui faisait de nous une famille avait disparu. Sans George, nous étions trois étrangers qui n'avions rien à nous dire. Et moi, l'autre fils, j'étais là, à déguster du champagne et à ouvrir mes cadeaux, alors que George n'atteindrait jamais sa majorité. C'était mal.

Tout sonnait faux.

Le fait d'avoir survécu à George faisait-il de moi le frère aîné ? Avions-nous échangé nos places ? À force de ressasser ce genre d'idées, mon esprit s'échauffait. Les serveurs en noir et blanc évoluaient autour de nous. Les bulles de champagne m'irritaient la gorge. Les bruits de couverts et de vaisselle m'agaçaient les nerfs.

— Fais un effort, Frederick ! lança ma mère d'un ton acide. Même si tu ne t'amuses pas, tu pourrais au moins faire semblant.

— Laisse-le tranquille, grom-mela mon père, mais quand le serveur proposa d'apporter une deuxième bouteille de Monte-bello, il déclina l'offre d'un geste de la main.

Quant à moi, je ne cessais de penser aux anniversaires passés. George avait le don de me faire

rire, il savait transformer un jour ordinaire en une
fête inoubliable. Il m'avait offert une toupie rouge
et blanche pour mes cinq ans. Un arc et des flèches
pour mes neuf ans. Son dernier cadeau était une
première édition du journal du capitaine Robert
Falcon Scott sur son expédition dans l'Antarctique,
The Voyage of the Discovery, dont la belle couverture bleu roi était estampée de lettres en relief ; il
me l'avait envoyé de France en décembre 1915,
enveloppé dans du papier kraft et de la ficelle.

Ce fut le souvenir de ce livre qui déclencha tout
le reste. Après un combat de six ans où j'avais nié
sa mort, je déclarai forfait. Là, dans ce restaurant chic,
mon esprit se défit, se dévida comme une pelote. Je
me souviens avoir posément placé ma flûte à champagne sur la table devant moi, mais ensuite, c'est le
vide. Ai-je pleuré, ou cassé quelque chose ? Ai-je
dérangé les vieux fossiles distingués qui m'entouraient, dames collet monté et militaires à la retraite,
en me donnant en spectacle ? Je ne puis m'en souvenir. Je me rappelle seulement la brume réconfortante de la morphine, la neige qui tombait sur
Londres, et le trajet en voiture tandis qu'on m'emme-
nait de Piccadilly dans une clinique privée située à
la périphérie de Midhurst.

Au sanatorium, Noël passa, suivi du Nouvel An
1923... sans moi. À l'arrivée du printemps, le monde
sortit timidement de son flou sur la note flûtée d'une
grive qui chantait près de ma fenêtre. Une heure par
jour, j'arpentais la cour pour m'aérer escorté de deux
infirmières, puis d'une seule. Ensuite les sorties durè-

rent un peu plus longtemps et je les fis seul, jusqu'à ce que, fin avril, les médecins m'estiment assez remis pour qu'on me confie aux bons soins de ma famille.

On me renvoya donc chez moi. Mon père, qui avait honte de mon manque de cran, se faisait rare. Quant à ma mère, elle ne s'intéressait pas plus à moi maintenant qu'avant ma dépression. Ces derniers temps, je comprends l'origine de sa désaffection. J'ai même un peu pitié d'elle. Après avoir donné un fils à mon père, elle s'était crue dégagée de ses obligations maternelles, mais, cinq ans plus tard, voilà qu'elle était retombée enceinte. Enfant, j'avais interprété ce rejet comme le signe qu'il y avait chez moi quelque chose de déplaisant, et j'avais essayé de ne pas trop en faire cas.

Durant l'été et l'automne de cette année-là, je me remis peu à peu. Mais les progrès de ma santé m'éloignaient chaque jour un peu plus de George, alors que je ne désirais que sa compagnie. Pour moi, c'était comme une trahison d'apprendre à vivre sans lui.

Vaille que vaille, la vie reprenait le dessus. L'ombre de la Grande Guerre s'estompait. Les mois, les années qui passaient se ressemblaient. Mais avec l'aube, le désespoir faisait toujours irruption. La lumière qui redonnait forme à ce monde futile me rappelait chaque matin ce que j'avais perdu.

Pourtant à Tarascon, dans le Grand Hôtel de la Poste, en cette fin de 1928, je me réveillai à dix heures, après avoir traversé les horreurs du petit matin, et sans qu'aucun poids m'oppresse la poitrine.

Je pliai les doigts, roulai les épaules, étirai les bras, et me sentis pour une fois entier, bien vivant. Une sorte de dégel s'amorçait.

Il est possible que je confonde ce moment avec un autre. Peut-être était-ce la veille, quand j'avais reculé du bord de la falaise à l'instant décisif, que ce changement significatif s'était opéré en moi ? En tout cas, il me plaît de penser que ce matin-là entre tous, je me levai enfin du lit avec quelque énergie. Dehors dans la rue, j'entendis une jeune fille fredonner un air du pays, un chant des montagnes, qui m'émut par sa simplicité. J'ouvris les persiennes en grand, et sous la morsure de l'air sur mes bras nus, je me sentis sinon heureux, du moins pas malheureux.

Ai-je souri à la jeune fille qui passait en bas ? Ou est-ce elle qui, sentant mon regard sur elle, a levé les yeux ? Ça non plus je ne m'en souviens pas, seulement que cette mélodie des temps anciens resta comme suspendue dans l'air bien après qu'elle eut cessé de chanter.

J'étais le seul occupant de la salle à manger. Une femme entre deux âges m'a servi des petits pains blancs, du jambon, avec du beurre frais et une confiture de prune un peu âpre. Il y avait aussi du café, du vrai, au lieu d'un mélange de chicorée, de malt et d'orge. J'ai mangé, non pas dans le seul but de sustenter un corps et un esprit défaillants, mais de bon appétit. Puis j'ai fumé la pipe en prenant mon temps. Un moment, tout en contemplant les volutes de fumée qui dansaient dans le rai de lumière filtrant par la fenêtre de la salle à manger, j'ai même envisagé de

rester une nuit de plus. Mais mon besoin de mouvement l'a emporté.

Il était onze heures passées quand j'eus réglé ma
note, retiré mon Austin du garage et laissé Tarascon
derrière moi. Je filai vers le sud et Vicdessos sans
avoir en tête aucune destination précise, en me laissant porter là où la route me conduisait. Mon guide
Baedeker recommandait des grottes superbes à Niaux
et Lombrives. Ces sites n'étaient certainement pas
ouverts aux visiteurs en plein mois de décembre, néanmoins ils piquèrent ma curiosité. Assez pour me donner envie de suivre cet itinéraire.

La route longeait les courbes de la rivière à travers
ce paysage rupestre, et je l'avais pratiquement pour
moi tout seul. Je croisai une charrette tirée par un
bœuf. Un camion militaire me doubla en ahanant
poussivement ; sa bâche goudronnée battait de l'aile
et l'un de ses phares manquait. Un vieux cheval de
bataille, qu'on n'avait pas encore mis au rancart.

Malgré le froid qui s'intensifiait, il ne neigeait toujours pas, mais plus je montais, plus le brouillard
givrant qui recouvrait les plaines s'épaississait. Pourtant je me plaisais à imaginer ce même paysage à la
fin de l'été. Les champs de tournesols, les vergers
d'oliviers aux feuilles vert argent. Les terrasses des
maisons éparpillées sur les collines, avec leurs pots
en terre cuite débordant de géraniums blancs et roses,
leurs vignes chargées de grappes mûrissant sur les
treilles au soleil de midi. Deux fois je me garai sur
le bas-côté pour me dégourdir les jambes et fumer
une cigarette avant de continuer.

La beauté des vallées de l'Ariège que j'avais traversées la veille cédait la place à un paysage de grottes et de falaises plongeantes évoquant des temps préhistoriques. Rochers et forêts mordaient presque sur la route, comme pour revendiquer ce que l'homme leur avait pris. Les nuages restaient suspendus entre les montagnes telles les fumées d'un feu de jardin en automne, et ils étaient si bas que j'avais presque l'impression de pouvoir les toucher. Sur chaque sommet un affleurement calcaire attirait le regard. Au lieu des châteaux écroulés ou des vestiges de places fortes que j'avais vus à Limoux et à Couiza, les montagnes offraient leurs façades déchiquetées. Au lieu de ruines, le roc. Aucun bruit alentour indiquant la présence d'habitations, mais les échos de temps plus primitifs.

Des souvenirs de ma salle de classe à l'école primaire me revenaient en mémoire. Dans la lumière jaune d'un après-midi d'octobre où la poussière de craie se mêlait à l'air, nous écoutions le maître nous raconter l'histoire sanglante de ces luttes frontalières entre la France et l'Espagne. Comment au XIIIᵉ siècle, l'Église catholique avait mené campagne contre les Albigeois. Une guerre civile, guerre d'usure, qui avait duré plus de cent ans. Incendies, tortures, persécutions systématiques qui préfiguraient l'Inquisition. Pour nous garçons de dix et onze ans qui n'avions de la mort ou de la guerre aucune vision concrète, tout cela avait un parfum d'aventure. Jours dorés de l'enfance, que rien n'était encore venu briser ni souiller.

Un ou deux ans plus tard, ce même maître nous avait raconté les guerres de religion entre catholiques et huguenots, parlant d'une contrée verdoyante qu'il appelait le Languedoc, trempée du sang des croyants.

Notre époque non plus n'avait pas épargné ce pays. Si ce coin de France avait moins souffert que le Pas-de-Calais et tous les villages et les bois ravagés du Nord-Est, les monuments aux morts élevés à chaque croisement, les cimetières, les stèles racontaient partout la même histoire, et témoignaient de la mort d'hommes fauchés avant l'heure.

Je me garai et éteignis le moteur. Ma bonne humeur s'effrita en un instant, remplacée par les symptômes familiers. Les paumes moites, la gorge sèche, l'estomac noué. J'ôtai ma casquette et mes gants en cuir, me passai les doigts dans les cheveux et me couvris les yeux, honteux de ce chagrin qui me submergeait si facilement. Honteux de ce cœur qui refusait de guérir, après tous les soins que j'avais reçus, les traitements, les entretiens, la gentillesse dont on avait fait preuve envers moi, ces stations à genoux durant les vêpres.

Ce fut alors que je pris conscience pour la première fois d'une sorte de vibration, de mouvement dans l'air. Je levai vivement les yeux pour regarder à travers le pare-brise embué, mais je ne vis rien de particulier. La route était déserte. Aucun véhicule n'avait roulé dans un sens ni dans l'autre depuis un bon moment. Pourtant la lumière changeait sur les crêtes des montagnes qui surplombaient la route, et les montagnes elles-mêmes semblaient plus menaçantes, comme si leurs flancs s'étaient rapprochés. Quels secrets ces sombres forêts mêlant feuillus et persistants renfermaient-elles ?

Quand j'abaissai la vitre, je n'entendis rien. Un silence de plomb m'entourait. Aucun bruit révélateur de pas, de voix, ou de moteur au loin. Plus tard, quand ce fut fini, le caractère étrange de ce silence m'apparut. J'aurais dû entendre quelque chose. Le grondement des hauts-fourneaux de Tarascon, les cheminées d'usines crachant leur fumée, le bruit de ferraille des trains roulant sur les rails qui serpentaient dans la haute vallée. Les rapides de la rivière. Mais je ne percevais aucun son. Le silence régnait partout, comme si j'étais seul au monde.

Alors je l'entendis. Ou plutôt le sentis. Un murmure, presque une mélodie susurrée.

« Les autres ont disparu, happés par les ténèbres. »
Je retins mon souffle.

— Qui est là ?

La voix de George résonnait parfois dans ma tête, même si elle faiblissait au fil des ans. Mais là, c'était différent, un son plus léger, d'une douceur infinie, porté par l'air glacé. Était-ce une réverbération, l'écho de paroles prononcées jadis en ces lieux ? Ou bien la mélodie plaintive de la jeune fille que j'avais entendue chanter dans la rue de mon hôtel à Tarascon s'élevait-elle jusqu'ici ? Quelles idées fantasques ! Tout cela n'avait pas de sens. Il n'y avait personne, bien sûr.

Je me rendis compte que mes mains étaient cramponnées au volant, toutes raides. Il faisait de plus en plus froid, et ce qui ressemblait à des nuages de neige approchait, venant du sud. Dans la voiture aussi régnait un froid glacial. Je remontai la vitre, pliai les doigts pour leur redonner leur souplesse, resserrai mon écharpe et la glissai dans le col de mon pull.

Pour chasser mon trouble et les idées bizarres qu'il engendrait, je cherchai refuge dans des choses pratiques. Penché sur la carte de la région, je m'efforçai de localiser précisément l'endroit où j'étais. J'avais roulé en direction de Vicdessos, situé à une vingtaine de kilomètres de Tarascon, dans l'intention de tourner là pour traverser le pays par la petite route de campagne qui menait à Ax-les-Thermes. Deux copains du Sussex passaient une semaine à la station pour faire du ski et ils m'avaient invité à les rejoindre pour Noël. Je n'avais ni accepté ni décliné l'invitation, mais à présent cette perspective me tentait. Après des semaines de voyage en solitaire, leur compagnie me ferait du bien.

À travers les vitres, je scrutai les environs. D'après la carte, j'avais apparemment raté le tournant pour Ax-les-Thermes. Et si le temps empirait, ce serait folie de monter encore vers les sommets. Le soleil était masqué à présent, et le ciel chargé avait une couleur de linge sale. Il était préférable de rejoindre la route principale.

Je suivis son tracé du doigt. Si mes calculs étaient bons, je pourrais continuer sur cette voie pendant deux ou trois kilomètres, traverser les villages d'Alliat, Lapège, Capoulet-et-Junac, puis retrouver la route de

Vicdessos, de l'autre côté de cette basse chaîne de collines.

Laissant mes cartes ouvertes sur le siège passager, je renfilai mes gants et démarrai. La petite berline s'anima en crachotant et je repris ma route.

En pleine tempête

À peine avais-je parcouru plus d'un kilomètre qu'une rafale de neige fondue éclaboussait mon pare-brise. Je mis en marche l'essuie-glace, mais il ne fit que brouiller davantage ma vision. Abaissant ma vitre, je tendis la main pour essayer d'en enlever le plus gros avec mon mouchoir.

Une violente bourrasque de vent frappa l'Austin de plein fouet. Je rétrogradai de troisième en seconde, bien conscient que les pneus ne tiendraient pas si la neige fondue se transformait en glace. Un flocon de la taille d'une pièce de six pence se posa sur le capot, bientôt suivi de nombreux autres, et en l'espace de quelques secondes, du moins c'est ce qu'il me sembla, je me retrouvai en pleine tempête de neige. Elle tournoyait dans les spirales du vent puis se déposait en couche épaisse sur le toit de la voiture, m'enfermant dans un cocon de silence.

Ce silence feutré fut brusquement rompu par ce qui ressemblait à un coup de tonnerre. Il résonna dans le creux entre les montagnes. Le tonnerre et la neige en même temps... était-ce possible ? Un deuxième roulement traversa la vallée en grondant, rendant la question obsolète.

Je progressai à une allure d'escargot. Entre d'un côté, les grandes parois montagneuses, de l'autre, le flanc raide de la colline qui donnait sur le vide, la route semblait se rétrécir. Il y eut un autre grondement de tonnerre suivi d'un éclair qui dessina en noir le contour des arbres sur un ciel chargé d'électricité.

J'allumai les phares. Tandis que ma voiture et moi luttions pour avancer vaille que vaille contre le fort vent de face, je sentais combien les pneus avaient du mal à adhérer sur la route glissante et escarpée. Les essuie-glaces balayaient en crissant le pare-brise embué. Une odeur de laine humide, de cuir, de vapeurs d'essence montait du tapis de sol mouillé sous mes pieds et me piquait les narines. Je me penchai pour essuyer l'intérieur du pare-brise du revers de ma manche. Sans résultat.

Il me fallait trouver un abri au plus vite, mais il n'y avait aucune habitation en vue, pas même une cabane de berger. Seulement une étendue sans fin de froid et de silence.

Un autre souvenir d'enfance me revint en tête. Ma chambre sous les toits, toutes lumières éteintes, et moi pleurant dans le noir, réveillé en sursaut par des cauchemars, appelant une mère qui ne venait jamais. Puis George, assis au pied de mon lit, ouvrant les rideaux pour laisser entrer la lueur argentée de la lune, et me disant qu'il n'y avait rien à craindre. Nous les frères Watson, nous étions invincibles, courageux, et tant

qu'on se serrerait les coudes, rien ne nous atteindrait. Quand il était auprès de moi, j'y croyais.

Quel âge pouvait-il avoir ? Pas plus de onze ou douze ans. Et il savait déjà consoler un petit garçon solitaire qui avait peur du noir en montrant juste la dose de compassion qu'il fallait, ni trop, ni trop peu. Et en ayant le tact de ne plus jamais y faire allusion.

— Les frères Watson, murmurai-je, puis je me raisonnai pour me donner du courage.

En fait, je ne courais aucun danger physique. Il fallait juste garder mon sang-froid. La voiture ne risquait guère d'être frappée par la foudre, malgré ces grands arbres tout autour. Et pour impressionnante qu'elle fût, la tempête n'était pas si terrible. Quant au tonnerre, c'était juste l'effet d'un temps inhabituel, une simple perturbation atmosphérique. Il n'y avait rien à craindre. Contrairement aux balles, au gaz au chlore, aux bombes, aux baïonnettes, le bruit ne pouvait à lui seul ni tuer ni blesser. George était conscient des dangers qu'il courait à chaque instant. Qu'était cette tempête, comparée à ce qu'ils avaient enduré, lui et tous les autres ?

Je maintenais le cap, pourtant ces comparaisons sonnaient creux. Le courage n'avait pas sauvé George, pour finir. Ni aucun de ses camarades. Si le temps se détériorait encore, la route deviendrait vite impraticable. Elle gelait déjà. Le danger ne planait pas telle une ombre mouvante dans l'obscurité ; il était bien réel. Je risquais à tout moment de perdre le contrôle du véhicule et de plonger dans le vide.

Ou bien, à défaut d'un accident, le froid me serait fatal. Aucun homme n'était de taille à lui résister et il en avait vaincu d'autres plus forts que moi. Nansen dans l'Arctique, Wilson et Bowers dans l'Antarctique, Mallory et Irvine perdus sur les pentes de l'Everest. Comme Scott, le héros de mon enfance, je mourrais piégé dans une terre inhospitalière. Mais contrairement à lui, qui se trouvait à onze jours du camp de base, personne ne partirait à ma recherche, car personne ne savait où j'étais.

Je ne sais si ce fut à cause de ma détresse mais, en cet instant de vérité, ma situation m'apparut soudain dans toute son ironie. L'oubli bienfaisant avec lequel j'avais flirté le soir précédent à la tour du Castella s'offrait à moi. Pourtant, moins de vingt-quatre heures plus tard, alors que le destin me tendait la main, je n'avais plus envie d'en finir avec la vie.

— Je ne veux pas mourir, dis-je à haute voix, à mon grand étonnement, plus stupéfait encore que ce fût vrai.

Alors un nouvel éclair frappa la route juste devant moi, illuminant un poteau indicateur placé sur le côté.

Comme un imbécile, j'appuyai sur les freins. Les roues de devant se bloquèrent. Luttant pour garder le contrôle, je donnai un coup de volant trop dur et sentis que les pneus n'adhéraient plus. La voiture dérapa vers le côté en fonçant droit vers l'abîme, à gauche de la route, toujours plus près du vide. Puis il y eut un craquement sec. Je redonnai un brusque coup de volant, cette fois dans la direction opposée, et l'Austin fit un virage à 180 degrés. Cette fraction de seconde, je me rappelle m'être demandé comment cela allait finir.

Un élément placé sous le ventre de la voiture s'empala dans le revêtement déchiqueté de la route et s'y accrocha comme une ancre. Elle ralentit, mais pas assez. J'avais pris trop de vitesse et fonçais toujours vers le précipice.

Voilà, c'est maintenant, me dis-je, et je levai les mains.

Je sentis le moteur caler, puis il y eut un bruit mat et une pluie de verre brisé inonda mes genoux. Tout ralentit. Le mouvement, la vitesse, le son. Et oui, des fragments de vie fusèrent dans ma tête. Visions saccadées de mes parents, des filles que j'avais tenté d'aimer. La lumière de novembre sur la plaque commémorant les morts du Royal Sussex Regiment dans la chapelle de la cathédrale de Chichester. Des souvenirs de George.

Avait-il vu la mort venir comme une ombre à sa rencontre ? L'avait-il pressentie ? Avec le recul, je suis stupéfait de la façon dont ces idées-là me vinrent à l'esprit, calmes, et empreintes d'une grande douceur. Plus de panique ni de peur, seulement la paix. Une pénombre duveteuse m'enveloppait, et j'espérai que George avait eu cette même sensation au moment de son départ. Aucune terreur, surtout, aucune douleur. Juste une libération. Le sentiment de rentrer chez soi et d'y être bien accueilli.

Alors le présent déferla soudain dans toute sa clarté, violent, brutal. L'Austin percuta de plein fouet l'un des blocs de pierre disposés le long de la route pour mettre en garde les conducteurs, avec une telle force que le capot se plia. Quand ma tête rejetée en arrière puis projetée en avant par le choc heurta le tableau de bord, un spasme douloureux me traversa.

Puis, plus rien.

Aux aguets

Des murmures… j'entendais des voix murmurer entre les montagnes ou glisser sur le hurlement du vent, parfois lointaines, parfois proches, si proches que je croyais presque sentir un souffle sur ma joue.

« Il ne reste que moi… Les autres ont disparu, happés par les ténèbres. »

Puis ce furent des sanglots, des grattements frénétiques, des pleurs désespérés. *Piano, pianissimo, moriendo*, comme les derniers accords d'une cloche de campagne sonnant les vêpres.

— Ici, murmurai-je enfin. S'il vous plaît. Aidez-moi.

J'ignore au juste depuis combien de temps j'étais dans cet état semi-conscient. C'était comme si je nageais au fond de la mer sous l'eau verte en remontant lentement vers la surface et la lumière. Retrouvant peu à peu la vue, le toucher, l'ouïe. Sentant le bout de mes doigts, la blancheur derrière mes yeux, mes orteils enfermés dans mes bottes.

Puis je toussai en m'étranglant à moitié. Rescapé du néant sinon de la noyade, je revins à moi. Je sentais le battement désordonné de mon cœur, ma respiration, ou plutôt le râle douloureux qui résonnait sous mes côtes avec le son d'un tambour à timbre. J'avais du mal à avaler ma salive. Quand je voulus essuyer ma joue mouillée de neige, je vis que les bouts de mes gants étaient rouges. Et baissant les yeux, je découvris que mes genoux étaient maculés d'un mélange à la fois terne et scintillant de neige, de verre et de sang.

Je me laissai aller contre le siège et ce léger mouvement suffit à faire pencher dangereusement la voiture. Il fallait que j'en sorte. Pour l'instant elle était en équilibre, mais pour combien de temps encore ? Plus tard, j'apprendrais qu'un amortisseur avait cassé et que le métal déchiqueté avait accroché les rochers sous la neige.

C'était comme si un compte à rebours avait commencé. Je regardai l'heure au cadran de mon tableau de bord. La dernière fois que j'y avais jeté un coup d'œil, trois heures approchaient. À présent la vitre était brisée, et les aiguilles pendantes indiquaient vainement six heures et demie.

Ma tête me lançait, je sentais du sang sur ma joue. Je me redressai, puis me penchai en avant pour ouvrir la portière. Le vent s'engouffra aussitôt par l'ouverture et rabattit avec violence la portière contre l'aile, faisant osciller la voiture. Prudemment, je sortis une jambe, puis l'autre, vaguement soulagé de constater que j'y parvenais. Quand je me mis debout avec effort, les débris de pare-brise que j'avais encore sur les genoux tombèrent. Je m'écartai de la voiture en titubant. Le vent me cinglait les oreilles, si fort que je devais lutter pour garder l'équilibre, mais je réussis enfin à fermer la portière.

Courbant l'échine pour lutter contre le froid mordant, je passai la main sur la carrosserie en tentant d'évaluer les dégâts. J'avais acheté l'Austin plus tôt dans l'année avec le petit héritage qui m'était resté de mon père après le prélèvement des droits de succession. Sa valeur était plus sentimentale que financière. C'était le dernier lien qui subsistait entre lui et moi.

Bonne nouvelle, je n'étais pas gravement blessé. Et la voiture n'avait pas basculé. Mauvaise nouvelle, il serait impossible de la remettre en marche sans assistance. Autour, le sol était jonché d'éclats de verre qui crissaient sous la semelle de mes bottes. Le capot s'était gauchi, le radiateur tout plié, sa calandre avait l'air d'une cage thoracique écrasée. L'un des phares avant avait été fauché net et l'autre, tout tordu, ne tenait plus que par un fil.

Je m'agenouillai dans la neige. Sous le châssis pendait un imbroglio de métal affaissé et de tubes tordus. Le marchepied ressortait en angle, comme un ongle arraché.

Jamais je n'avais connu un tel froid. Il ne neigeait plus, mais un brouillard tournoyant qui s'épaississait de minute en minute m'enveloppait en s'immisçant dans mon nez, ma bouche, ma gorge. Il étouffait tous les sons et déformait sinistrement le paysage. Arbres et rochers se métamorphosaient en créatures fantasmagoriques.

Malgré ma casquette enfoncée aussi bas que possible sur ma tête, le froid mordait le lobe de mes oreilles. Sous le bord de mon pardessus, mon pantalon de tweed trempé pesait contre mes mollets. Un filet de sang me coulait le long de la joue. Je sortis un mouchoir pour tamponner la plaie, et le coton bleu pâle s'auréola aussitôt d'une étoile rouge. La coupure ne me faisait pas mal, mais George m'avait appris que les blessures font rarement souffrir sur le coup. Le choc est par essence anesthésique. La douleur vient plus tard.

Il n'y avait rien d'autre à faire que d'abandonner l'Austin pour chercher de l'aide. Je ne pouvais pas risquer de prendre des affaires dans ma valise de peur de faire basculer la voiture dans le vide. Je regardai autour de moi pour me situer. Où étais-je donc ? Plus près de Tarascon ou de Vicdessos ? La visibilité se limitait à quelques mètres dans les deux sens. La portion de route que j'avais suivie était engloutie par la brume, et celle devant moi avalée par une courbe de la montagne.

Je me souvins alors du poteau que j'avais remarqué sur le bas-côté juste avant le dernier éclair, indiquant un sentier qui descendait à travers bois. Étant donné que je n'avais croisé aucune habitation et que je n'avais guère espoir d'en rencontrer plus haut, il semblait judicieux d'essayer de le trouver. Un sentier menait bien quelque part. En tout cas, il serait plus abrité que le flanc nu de la montagne.

Je verrouillai la portière du conducteur, enfonçai les clefs dans ma poche, remontai le col de mon manteau et redescendis la route.

Je marchai, marchai, comme le Bon Roi Wenceslas[1] dans la neige. Dans ce monde de blancheur dénué de

---

1. Personnage d'un Noël anglais bien connu. (*N.d.T.*)

couleur, cette absence de lumière et d'ombre, il n'y avait pas de terre en vue. Le brouillard stagnait dans les branches des arbres. Au moins le vent s'était-il apaisé. Après la fureur de la tempête, il régnait un calme absolu.

Enfin, je découvris le poteau. Je grattai la neige du panneau, mais il ne portait aucune information ; juste une flèche pointée vers le bas. Ce n'était guère inspirant, mais je n'avais pas le choix.

Advienne que pourra…, me dis-je à moi-même. Alors je l'entendis à nouveau. Cette voix légère, chantante, indistincte, portée par l'air glacial.

« Il ne reste que moi… que moi. »

Je virai sur moi-même, cherchant son origine, mais ne vis personne. Après tout, raisonnai-je, en montagne, la neige et la lumière engendrent bien des illusions d'optique, pourquoi ne joueraient-elles pas aussi sur l'audition ? Pourtant je me sentais surveillé, et j'avais de drôles de picotements dans la nuque.

Il revint sur le sifflement du vent, ce même murmure indistinct.

« Les autres ont disparu, happés par les ténèbres. »

Je scrutai l'horizon noyé dans la direction du son. Et cette fois, à l'autre bout de la vallée, au-dessus de la ligne des arbres, je jure que je vis quelqu'un, ou quelque chose, bouger. Une forme se détacha sur le ciel plat. Mon cœur fit un bond.

Je me souviens avoir crié « Qui êtes-vous ? Que me voulez-vous ? », comme si l'on pouvait m'entendre à une telle distance.

Mais la silhouette, l'apparition, si vraiment c'en était une, s'était évanouie. Troublé, je restai un moment figé

sur place. Était-ce un effet du choc ? Une réaction à
retardement due à l'accident ? Sinon à quoi l'attribuer ?
Le sentiment d'une implacable solitude poussait-il un
homme à s'inventer les signes d'une autre existence
humaine ?

Je m'attardai, incapable de m'arracher à ce lieu,
jusqu'à ce que le froid m'ait complètement engourdi.
Alors, après avoir lancé un dernier regard en arrière,
j'avançai sur le sentier et m'enfonçai dans les bois,
laissant les voix derrière moi. La laissant derrière moi.

Du moins le croyais-je.

Le sentier à travers bois

Le sentier était raide, envahi d'herbes, et juste assez large pour que deux personnes y marchent de front. Mais, comme je l'avais espéré, la voûte des arbres à feuilles persistantes l'avait préservé de la neige. En distinguant les ornières gelées laissées par les roues d'une carriole et les empreintes de sabots d'un cheval, je repris un peu courage. Au moins quelqu'un était passé récemment par là.

Bientôt le sentier bifurqua en deux pistes. Celle qui partait à gauche semblait la plus fréquentée. Les chênes et les buis dégouttaient d'humidité, les feuilles et les aiguilles de pins qui jonchaient le sol formaient un tapis spongieux, gorgé d'eau. La piste de droite était assez semblable, bordée de buis et de bouleaux argentés, mais elle était beaucoup plus raide. Plutôt que de zigzaguer, elle piquait tout droit sur le flanc de la montagne.

Je jetai un coup d'œil à mes bottes, des Fitwells. Elles étaient prétendument adaptées à n'importe quel climat, mais les fabricants n'avaient pas dû marcher par ce temps en haute montagne. Si le cuir restait imperméable, le froid s'infiltrait par les semelles, et malgré deux paires d'épaisses chaussettes en laine, j'avais les orteils gelés. Les doigts aussi. Le bas de mes pantalons collait à mes jambes. Plus tôt j'échapperais au froid, mieux cela vaudrait.

C'est pourquoi je pris le sentier de droite, en supposant qu'il serait le plus direct. Il n'était pas entretenu et peu fréquenté, apparemment. Il n'y avait aucune trace de pas ni de roues, aucun signe montrant que le sol avait été foulé. Même l'air y semblait plus froid.

Il était si escarpé que je fus forcé de raidir les genoux et de me cramponner aux branches pour ne pas trébucher.

Les racines noueuses d'arbres ancestraux le traversaient. Des éboulis de pierres et de terre, des branches que le givre rendait glissantes débordaient et jaillissaient des épais fourrés alentour. L'atmosphère se faisait oppressante. Je me sentais piégé, comme si la forêt se refermait sur moi. Dans ce paysage, tout était à la fois familier et grotesquement déformé.

Mes nerfs commençaient à me trahir. Même les animaux semblaient avoir déserté ces bois étranges et silencieux. Il n'y avait aucun chant d'oiseau, aucun bruissement indiquant des renards fureteurs ou des lapins détalant dans les taillis. J'accélérai le pas en descendant la colline et pris de la vitesse. Plusieurs fois, une pierre se délogea sous mes pieds et je l'entendis rouler puis dégringoler dans la pénombre en dessous. Derrière chaque arbre, je voyais à présent des formes singulières, des silhouettes entraperçues, des yeux cachés dans l'ombre de la forêt qui

m'épiaient au passage. Et j'entendais dans ma tête une petite voix désagréable insinuer que la tempête n'était pas la seule raison pour laquelle les gens fuyaient ces lieux.

Au plus profond des bois, la lumière avait pratiquement disparu. La brume s'enroulait, serpentait autour des creux et des troncs d'arbres en glissant tel un animal traquant sa proie. Il régnait un silence absolu, impénétrable.

Alors j'entendis craquer des branchages. Je me figeai sur place, aux aguets. Un autre bruit de pas écrasant des feuilles, crissant sur des pierres. Quelque chose bougeait à travers les sous-bois. Mon cœur fit un bond. Je savais qu'il y avait des sangliers dans les Pyrénées, mais y avait-il aussi des ours et des loups ?

Je regardai autour de moi pour saisir un bâton, quelque chose qui me permette de me défendre. Comme si je pouvais affronter n'importe quel animal sauvage en combat singulier et espérer m'en sortir ! Mon seul recours, dans ce cas-là, ce serait de rester totalement immobile en espérant que l'animal ne me repérerait pas à l'odeur. Sinon, je n'aurais plus qu'à prendre mes jambes à mon cou.

Il y eut un autre craquement, plus proche cette fois. Poussé par l'urgence, je cherchai des yeux un arbre sur lequel grimper en cas d'attaque, mais aucun n'avait de branches assez basses. Alors, à mon intense soulagement, j'entendis des voix. Un instant plus tard, deux silhouettes émergèrent de la brume sur le sentier en dessous. Deux hommes, armés de fusils. L'un d'eux portait sur l'épaule une paire de bécasses dont les yeux noirs et fixes luisaient comme des perles de verre. Un soupir de soulagement m'échappa, puis je m'empressai de leur lancer une phrase de bienvenue. Je n'avais guère envie qu'ils me prennent eux-mêmes pour un de ces animaux et me tirent dessus.

— Salut ! Quel sale temps ! lançai-je en français.

Et si c'était des braconniers inquiets à l'idée que je les dénonce aux autorités ? En signe de paix, je levai les mains à leur approche.

— Messieurs, bonjour à vous.

Ils hochèrent la tête, mais ne dirent rien. J'avais beau n'apercevoir que leurs yeux entre le bord de leurs toques en fourrure et leurs écharpes remontées sur la bouche et le nez, je voyais bien à leurs regards qu'ils se méfiaient, et je ne pouvais guère leur en vouloir. Drôle d'apparition, au détour de cette piste écartée, que cet inconnu en costume de ville.

— Je me suis perdu. Ma voiture est là-haut, sur la route, dis-je avec un geste vague de la main.

Je m'efforçai d'expliquer ce qui m'était arrivé, la tempête de neige, l'accident, et finis par leur demander s'il y avait dans le voisinage un endroit où je pourrais trouver de l'aide. Au début, aucun ne réagit. J'attendis. Enfin, le plus grand des deux se tourna pour indiquer le bas du sentier.

— Il mène à un village nommé Néans, me dit-il d'un ton bourru.

Ensuite il me fit signe en pliant ses dix doigts deux fois de suite, et je compris avec un temps de retard qu'il y en avait pour vingt minutes de marche.

— Vingt minutes ?

Le chasseur confirma en hochant la tête, puis posa un doigt sur ses lèvres. Ils devaient effectivement chasser sans permis.

— Oui, oui, acquiesçai-je en souriant. Motus et bouche cousue ?

À nouveau il hocha la tête et nous nous séparâmes. Ils remontèrent le sentier tandis que je le descendais, inexplicablement revigoré par cet échange. Assez vite, la pente s'aplanit et je me retrouvai sur un plateau surplombant une vallée, face aux montagnes. Le ciel semblait plus clair et il n'y avait pas de neige sur les champs, juste une trace de givre sur les labours. Au-delà d'une rangée d'arbres dénudés, des signes de vie. Des volutes de fumée serpentant dans l'air.

— Dieu merci, soupirai-je.

Le village sis dans un creux entre les collines était entouré de tous côtés par les montagnes. Des toits de tuiles rouges, des cheminées en pierre grise et, au centre, dépassant tous les autres bâtiments, la flèche d'une église. Je repris mon chemin, gardant en ligne de mire la flèche et le clocher. J'imaginai déjà les sons réconfortants, bruits de vaisselle, voix humaines, sortant des maisons, des cafés, des bars animés.

Il y avait un pont à l'autre bout du champ. Je m'y dirigeai et le traversai vite, surpris de voir que le ruisseau coulait. J'aurais cru qu'à cette altitude, les cours d'eau seraient gelés de novembre à mars. Mais l'eau courait en léchant les pieds du pont et en éclaboussant les berges. J'entendis tinter la cloche de l'église, et les notes mélancoliques s'égrenèrent, portées par l'air.

Un, deux, trois…

Il s'était passé si peu de temps depuis que j'avais abandonné la voiture sur la route que j'en fus surpris. Mais je savais comme tout un chacun que, selon ce que nous vivons, le temps ne semble pas avoir toujours la même durée. Manifestement le choc et la tempête avaient brouillé la perception que j'en avais.

Sur l'écho mourant de la cloche, je descendis du pont et traversai le champ labouré. Ici, l'automne semblait ne pas avoir tout à fait relâché son emprise sur la terre. Au lieu des mornes gris et blancs de la montagne, l'or et le cuivre des feuilles mortes dominaient. Les haies autour des champs étaient piquetées d'éclats de couleur, des fleurs bleues, roses et jaunes éparpillées tels des confettis sur le parvis d'une église après un mariage. Et les baies rouge vif des églantiers faisaient comme des taches de sang sur l'herbe givrée.

La prairie cédait la place à un chemin de terre, assez large pour qu'y passent des charrettes ou des automobiles. Il était si glissant qu'une ou deux fois, je manquai m'étaler par terre.

Enfin, une petite pancarte de bois m'annonça que j'étais arrivé à Néans. J'hésitai un instant, et regardai vers là d'où j'étais venu. Les montagnes aux flancs couverts de forêt se découpaient fièrement sur le ciel d'hiver. J'eus un pincement au cœur à l'idée de les quitter. Il allait falloir trouver à me loger, expliquer une fois de plus ce qui m'était arrivé, organiser le remorquage de ma voiture… Tout cela me semblait au-dessus de mes forces.

Et puis il y avait autre chose. Je me suis repassé bien des fois ce moment ces cinq dernières années, pourtant j'ignore encore pourquoi instinctivement, je sentais une chape de tristesse suspendue au-dessus du village. Quelque chose me troublait dans le tableau qui s'offrait à moi, comme s'il était de guinguois.

Mais je me secouai. Je n'étais pas en position de faire le difficile. J'étais transi de froid, fatigué. Quand j'aurais trouvé où me loger, alors j'aurais tout le temps de revenir sur les événements de la journée.

Enfonçant les mains dans les poches, j'entrai résolument dans le village.

Le village de Néans

Manifestement, la tempête avait épargné la vallée, car il n'y avait pas trace de neige sur la route, ni sur les toits de tuile.

J'allais à pas lents pour mieux prendre connaissance des lieux. Je croisai quelques bâtiments bas, peut-être des hangars ou des bergeries. Des gouttes d'eau avaient gelé le long des gouttières, formant des rangées de dagues acérées pointées vers le bas. Bien sûr il faisait un froid à ne pas mettre le nez dehors, pourtant la ville semblait étrangement déserte. Il aurait dû y avoir un minimum de circulation ou d'activité, charrettes, voitures de livraison, fourgon postal. À l'intérieur des maisons, j'apercevais bien de-ci de-là des ombres se profiler sur les rais de lumière qui filtraient des persiennes entrouvertes, mais dans les rues il n'y avait personne. Une fois je crus entendre des pas derrière moi, mais quand je me retournai, la rue était vide. Les aboiements d'un chien résonnèrent ainsi qu'un étrange son répétitif, évoquant le raclement du bois sur les pavés. Mais ces quelques sons s'évanouirent dans la brume aussi vite qu'ils étaient venus et, peu après, je me demandai même s'ils n'étaient pas les effets de mon imagination.

Tout en avançant, je perçus ce qui ressemblait à des bêlements, alors que la présence de brebis en ces lieux était fort improbable en plein mois de décembre. On m'avait parlé de la bisanuelle « fête de la transhumance », qui marquait en septembre le départ pour l'Espagne des hommes et des troupeaux vers les pâturages d'hiver, puis qui célébrait en mai leur retour. Dans toutes les hautes vallées des Pyrénées, c'était une date importante, une tradition ancestrale dont leurs habitants s'enorgueillissaient. Plus d'une fois on m'avait décrit les pentes espagnoles comme « le côté soleil » et celles des montagnes françaises comme « le côté ombre ». Ombre et Soleil.

Les habitations devenaient plus imposantes, l'état de la route s'améliorait, mais je ne voyais toujours personne. Au dos des maisons des panneaux de réclames vantaient des savons, des cigarettes ou des apéritifs, et des fils électriques peu esthétiques couraient entre les bâtiments. Tout ici avait un air morne et dolent. Les affiches étaient décolorées, leurs coins décollés pendaient tristement. Les visseries qui maintenaient les fils en place étaient toutes rouillées. Pourtant, cet aspect général un peu miteux ne manquait pas de charme à mes yeux. Dans le calme et la lumière d'après-midi, l'ambiance me plaisait. Elle évoquait un lieu de villégiature jadis recherché puis tombé en désuétude. Bizarrement, dans ce décor à l'abandon, je me sentais chez moi.

J'étais arrivé à la place de l'Église, le cœur du village. Je rejetai en arrière ma casquette, car le bandeau mouillé par la neige m'irritait le front, et fis du regard le tour de la place. Au centre se trouvait un puits de pierre carré, avec un seau accroché à un arceau en fer forgé. De là où j'étais, je voyais un bistrot, une pharmacie et un tabac. Tous fermés. L'auvent du café était en loques et pendait lamentablement, rabattu contre le mur. L'église qui occupait un côté de la place était bordée d'une allée de platanes dont l'écorce argentée mouchetée de brun rappelait la main d'un vieillard. Dépouillés de leurs feuilles, les arbres aussi semblaient tendre leurs bras vers le ciel d'un air désolé. Les lumières des rues étaient déjà allumées. En fait, au lieu de réverbères, c'était des flambeaux à l'ancienne, des torches de poix qui brûlaient en plein air. À travers les branches nues des platanes, leurs flammes projetaient des motifs entrecroisés sur les pavés ronds.

Mon œil fut attiré par un édifice plus haut que les autres. Une enseigne était accrochée en façade. Serait-ce une pension, ou un hôtel ? Je traversai la place à pas vifs dans sa direction. Un large perron de pierre menait à une porte en bois équipée d'une clochette en cuivre dont le cordon virevoltait dans les courants d'air. Au-dessus de la porte un panneau peint à la main indiquait le nom des propriétaires : M. et Mme Galy.

J'hésitai, un peu honteux de mon apparence négligée. La coupure sur ma joue ne saignait plus, mais mon col était taché de sang, mes vêtements tout humides, et je n'avais avec moi aucun bagage qui puisse inspirer confiance. Bref, j'avais piètre allure. J'y remédiai tant que je pus en renouant mon écharpe, enfouis mon mouchoir et mes gants tachés dans les poches de mon pardessus et rajustai ma casquette.

Quand je tirai sur la cloche, j'entendis sonner à l'intérieur de la maison. Au début, il ne se passa rien. Puis des bruits de pas se rapprochèrent, et il y eut le raclement métallique d'une clenche qu'on tirait.

Un vieux en chemise sans col, gilet et gros pantalons de velours passa la tête.

— Oui ?

Je lui demandai si je pouvais louer une chambre pour la nuit. M. Galy, du moins le supposai-je, me toisa des pieds à la tête, mais ne dit rien. Supposant que mon français laissait à désirer, je désignai mes vêtements mouillés, la blessure sur ma joue et commençai à expliquer que j'avais eu un accident sur la route de montagne.

— Une chambre… juste pour la nuit.

Sans me quitter des yeux, il cria par-dessus son épaule dans le silence du couloir derrière lui.

— Madame Galy, viens un peu ici !

Une femme trapue d'âge moyen surgit de la pénombre du couloir, et ses sabots de bois claquèrent sur le carrelage à mesure qu'elle approchait. Ses cheveux grisonnants partagés par une raie au milieu formaient deux tresses ramenées sur sa tête qui lui donnaient un air sévère, renforcé par le fait qu'à part son tablier blanc elle était vêtue de noir de pied en cap, y compris les épais bas de laine qu'on voyait sous sa jupe lui arrivant à mi-mollets. Mais en la regardant mieux, je vis qu'elle avait une expression franche, ouverte, et que ses yeux bruns me dévisageaient d'un air avenant. Quand je lui souris, elle me sourit en retour.

Galy me fit signe de m'expliquer encore une fois. Je répétai donc la litanie des petits malheurs qui m'avaient conduit à Néans, en omettant de parler des chasseurs.

À mon grand soulagement, Mme Galy parut comprendre. Après un bref échange avec son mari dans un dialecte sonore et grasseyant dont je ne saisis un traître mot, elle m'assura qu'ils me fourniraient une chambre pour la nuit. Elle s'occuperait aussi de trouver quelqu'un pour m'accompagner demain dans les montagnes récupérer ma voiture.

— Il n'y a personne qui puisse m'aider dès aujourd'hui ? demandai-je.

Haussant les épaules en manière d'excuse, elle fit un signe vers le dehors.

— Il est trop tard.

Je me retournai et vis avec stupéfaction que durant les quelques minutes où nous avions bavardé, le crépuscule avait grignoté ce qu'il restait du jour. J'allais en faire la remarque quand Mme Galy continua en m'expliquant que, de toute façon, c'était aujourd'hui la Saint-Étienne, la fête la plus importante de l'année, qu'on observait depuis le XIVe siècle. Je ne saisis pas tout ce qu'elle me dit, mais compris qu'elle s'excusait du fait que tout le monde se consacrait aux préparatifs des festivités qui auraient lieu dans la soirée.

— Il n'y a personne pour vous aider, monsieur.

— Dans ce cas, attendons demain, répondis-je en souriant.

J'étais rassuré. Voici donc d'où venaient l'étrange silence qui pesait sur le village, les commerces fermés, et ces drôles de flambeaux qu'on avait disposés sur la place.

Mme Galy me fit signe de la suivre et s'engagea dans le couloir en claquant des sabots. M. Galy ferma la porte d'entrée et tira la clenche du loquet. En jetant un coup d'œil par-dessus mon épaule, je vis qu'il était toujours planté là, plissant le front, les bras ballants. Ce vieillard chenu ne semblait guère se réjouir de mon arrivée inopinée, mais je ne m'en souciais guère. Maintenant que j'avais un pied dans la place, j'étais bien décidé à y rester.

Il y avait un commutateur rond sur le mur, mais aucune ampoule dans les plafonniers. En fait, le couloir était éclairé par des lampes à pétrole, dont les tubes en verre grossissaient les flammes.

— Vous n'avez pas de courant ?

— Pas de façon régulière. En hiver, il est souvent coupé, répondit ma logeuse.

— Mais au moins, y a-t-il de l'eau chaude ?

À présent que j'étais sorti d'affaire et que j'avais échappé au froid, je me sentais complètement fourbu. Mes cuisses et mes mollets me faisaient mal suite à ma marche forcée jusqu'au village, et j'étais transi jusqu'aux os. Plus que tout, j'avais envie de me prélasser dans un bon bain chaud.

— Bien sûr. Nous avons un fourneau-bouilleur à bois qui nous en fournit.

À mesure que nous avancions dans le couloir, je jetai au passage des coups d'œil dans les chambres dont les portes étaient restées ouvertes. Elles étaient toutes vides. Il n'y avait aucun bruit de conversation, pas de servantes vaquant à leurs occupations.

— Avez-vous beaucoup d'autres clients ?

— Aucun pour le moment.

J'attendais qu'elle m'en dise davantage, mais elle n'ajouta rien de plus et, malgré ma curiosité, je n'osai la presser de questions.

Mme Galy s'arrêta à un comptoir situé au pied de l'escalier. L'odeur de cire d'abeille qui flottait dans l'air me rappela l'escalier de service montant à la chambre mansardée de mon enfance, si dangereux pour les petits garçons qui couraient pieds nus ou en chaussettes.

— S'il vous plaît.

Elle m'avança un vieux registre relié en cuir, dont les feuilles d'un épais papier crème étaient striées de fines lignes bleues. En jetant un coup d'œil aux noms inscrits au-dessus du mien, je vis que les derniers remontaient au mois de septembre. N'y avait-il eu personne depuis ? Une fois ces formalités accomplies, Mme Galy décrocha une grosse clef de cuivre de l'un des six crochets alignés sur le mur, puis elle prit une des bougies qui étaient posées sur le comptoir.

— Par ici, me dit-elle.

Chez les Galy

Je suivis Mme Galy dans l'escalier carrelé en trébuchant par deux fois tant j'étais fatigué.

Au premier étage, elle leva la bougie pour éclairer
une deuxième volée de marches, et nous montâmes
péniblement jusqu'à une porte à panneaux qu'elle
ouvrit avec sa clef.

— Je vais faire du feu, annonça-t-elle.

Bien que propre et fonctionnelle, la chambre était
glaciale, et il y flottait la même odeur de cire et de
poussière qu'en bas.

Tandis que Mme Galy allumait les lampes à pétrole
au moyen de la bougie, je regardai autour de moi.
Un petit secrétaire ainsi qu'un fauteuil en rotin étaient
placés près de la porte. En face, deux hautes fenêtres
qui montaient du sol au plafond prenaient tout un côté
de la pièce. Contre le mur de gauche il y avait un lit
à baldaquin tout en bois avec des rideaux de brocart
du même style que ceux qu'affectionnait ma grand-
mère, accrochés par des anneaux à une tringle en
cuivre. Je tâtai le matelas. Il était dur, bosselé et un

tantinet humide, n'ayant pas servi depuis longtemps, mais il ferait l'affaire.

De l'autre côté de la chambre, sur une grosse commode couverte d'un napperon en dentelle, étaient posés un broc et une grande cuvette blanche en porcelaine destinés à la toilette. Au-dessus était suspendu un miroir biseauté au cadre doré, un peu terni par les ans.

La coupure de ma joue me piquait à présent. En y posant les doigts, je sentis que le sang figé durcissait et demandai à mon hôtesse si elle pourrait me donner quelque onguent pour soigner ma blessure.

— Je me suis cogné la tête contre le tableau de bord, expliquai-je.

— Oui, je vous monterai quelque chose.

— C'est bien aimable à vous. Une dernière chose. Il me faudrait envoyer un télégramme à des amis qui séjournent à Ax-les-Thermes.

— Il n'y a pas de bureau de poste à Néans, monsieur.

— Alors aux environs ? Ou bien quelqu'un aurait-il le téléphone ?

— Eh non, fit Mme Galy en secouant la tête. Il faut aller jusqu'à Tarascon pour ça. Ici, dans la vallée, nous ne sommes pas encore équipés de tous les moyens modernes. Si vous voulez bien écrire une lettre, ajouta-t-elle en m'indiquant le petit bureau, j'enverrai un garçon la porter à Ax dans la matinée.

— Ax se trouve donc plus près d'ici que Tarascon ?

— Un tantinet, oui.

Cela représentait beaucoup d'effort, me semblait-il, mais puisque c'était la seule solution, alors soit.

— Merci, dis-je. Je ne veux pas vous importuner davantage, ajoutai-je en me sentant frissonner, mais j'ai été forcé de laisser ma valise dans la voiture. Alors si vous aviez quelque chose à me prêter pour la nuit, je vous en serais reconnaissant.

— Mais oui, je vais emprunter quelque chose à mon mari que vous puissiez mettre pendant que vos vêtements sécheront... Vous plairait-il de vous joindre à nous pour la Saint-Étienne, monsieur ? Les

festivités commenceront à vingt-deux heures. Vous êtes le bienvenu.

— C'est très gentil à vous, mais je m'en voudrais de m'imposer. Et puis après la journée que je viens de passer, je ne sais si je tiendrais le coup. Il est peu probable que je sois encore debout à dix heures du soir.

— Vous ne vous imposeriez pas, ce serait avec plaisir, insista gentiment Mme Galy avec un sourire si chaleureux que malgré ma fatigue et mes courbatures, j'en fus touché. C'est la seule nuit où tous les habitants se rassemblent et, selon la coutume, poursuivit-elle comme si elle récitait le texte d'une brochure touristique, chacun revêt pour l'occasion le costume de son choix, tenues traditionnelles d'artisans, tisserands, bergers, soldats, et même celles des bons hommes...

— Les bons hommes ? relevai-je, car j'avais déjà entendu cette dénomination, sans me rappeler ni où ni quand.

— Oui, c'est la nuit où nous pensons à nos amis, anciens et nouveaux. Ceux qui sont parmi nous, ceux qui ont disparu... Ceux qu'on a perdus, ajouta-t-elle d'une voix qui tremblait un peu.

— Je comprends.

Voilà qui changeait des autres lieux que j'avais visités, où les gens s'efforçaient farouchement de tirer un trait sur le passé récent pour aller de l'avant. Et cela me plaisait, que Néans honore son histoire et s'accroche à ses traditions, ne serait-ce qu'une nuit par an.

— Vous dites que la fête commence à dix heures ?

— Oui, monsieur, à l'Ostal. Il n'est pas facile à trouver, car beaucoup de rues du vieux quartier n'ont pas de nom, et l'on se perd facilement dans le dédale de ruelles ou d'impasses. Mais je puis vous fournir un plan, au cas où vous vous décideriez à nous rejoindre.

J'avais hâte de manger quelque chose, puis de me coucher tôt. Par ailleurs je n'étais guère à mon aise en compagnie d'inconnus à qui je ne savais trop que dire, étant déjà par nature timide et peu loquace. Mais l'enthousiasme de Mme Galy était contagieux et, contre toute attente, je m'aperçus que j'étais tenté par l'idée d'y assister.

— Vous êtes vraiment certaine que je ne ferai pas figure d'intrus ?

— Oh non, vous serez accueilli à bras ouverts… Et puis, reprit-elle après un petit temps d'hésitation, je regrette, mais on ne pourra pas vous servir de repas chaud ce soir. Nous sommes tous réquisitionnés pour aider à l'Ostal dès dix-huit heures.

— Dans ce cas, marché conclu, répondis-je en riant. J'accepte de grand cœur votre invitation. Ainsi que le plan que vous me proposiez.

Ravie d'avoir réglé la question, elle lissa son tablier avec un sourire épanoui qui me rappela soudain celui de Mrs. Bunn, la femme du boulanger de mon vieux jeu de sept familles.

— Et M. Galy, assistera-t-il à la fête ? demandai-je.

Son sourire s'effaça.

— La fraîcheur du soir ne lui convient pas. Il est perclus de rhumatismes et ses vieux os craignent l'humidité, répondit-elle en posant la clef sur la table. La salle de bains est au bout du couloir à droite, ajouta-t-elle en reprenant un ton plus impersonnel et prosaïque. Je vais vous faire couler un bain, puis allumer un feu et m'occuper de vos vêtements.

— Merci.

— Vous faudrait-il autre chose ?

— Non, merci bien.

— Alors, à ce soir, conclut-elle en hochant la tête.

Après son départ, j'ôtai mes bottes et mes chaussettes de laine trempées qui commençaient à me gratter, puis vidai le contenu de mes poches sur la commode. Clefs, étui à cigarettes, pochette d'allumettes, portefeuille. Puis je m'assis au bureau. Il y avait du papier à lettres ainsi qu'un porte-plume à l'ancienne. L'encrier était plein, découvris-je avec surprise. Le papier n'avait pas d'en-tête, aussi cherchai-je autour de moi un avis officiel indiquant l'adresse de la pension. Il y avait bien une notice punaisée au dos de la porte spécifiant aux clients les consignes en cas d'incendie, mais rien de plus. Pour finir, je mis simplement c/o M. et Mme Galy, place de l'Église, Néans, Ariège. Cela devrait suffire.

J'écrivis quelques lignes à mes amis disant que je serais ravi de les rejoindre s'ils voulaient toujours me recevoir, mais que n'ayant aucune idée du temps qu'il faudrait pour réparer ma voiture, je les contacterais dans un jour ou deux pour leur faire savoir la date de mon arrivée.

Il n'y avait pas de buvard, aussi je secouai la feuille et soufflai sur l'encre pour la sécher. Pas d'enveloppes non plus, je me contentai donc de plier la lettre en trois, écrivis au verso l'adresse de l'hôtel à Ax-les-Thermes et la laissai bien en évidence sur le bureau pour qu'on l'emporte.

Ensuite je me déshabillai pour ne garder que mes sous-vêtements. Malgré mon état de fatigue, j'étais de bonne humeur. En prenant la serviette-éponge au pied du lit puis en gagnant la salle de bains, je m'aperçus avec surprise que je sifflotais.

L'homme dans le miroir

Quand je retournai à ma chambre après avoir macéré longtemps dans un bain bien chaud, un bon feu brûlait dans l'âtre. Sur l'effluve parfumé de résine de pin qui flottait dans la pièce, un souvenir vibrant me revint, celui de nos hivers dans le Sussex, quand j'étais un petit garçon et que George rentrait du collège pour passer les vacances de Noël avec nous.

Mme Galy avait apporté une lampe à pétrole qu'elle avait posée sur la table. Un plateau avec un verre et une bouteille à cul épais avait également fait son apparition sur la commode.

Tous ces petits détails formaient un décor sympathique et douillet.

Mes pantalons étaient pliés sur un séchoir à linge disposé en angle devant le feu ; ils étaient encore humides, mais en bonne voie d'être à nouveau portables. Mon pull-over pendait plus bas sur un autre échelon, et mes chaussettes séchaient sur le foyer, les pointes orientées vers les flammes. Par contre, je ne trouvai trace nulle part de mon pardessus, ma casquette et mes bottes. Quant à ma chemise, disparue elle aussi, cette bonne Mme Galy avait dû la mettre à tremper pour tenter d'effacer les taches de sang sur le col.

Elle avait tenu parole et m'avait trouvé des vêtements de rechange. Ou plutôt un costume. Une tunique de coton écru était étalée sur le lit. En la prenant, je ne pus m'empêcher de sourire. Les manches n'arrivaient qu'au coude, il n'y avait pas de col et de simples attaches remplaçaient les boutons. Elle ressemblait fort à celle que j'avais portée lors d'une représentation particulièrement ratée du *Songe d'une nuit d'été*, donnée à l'école.

J'étais allé une ou deux fois à un bal costumé à Londres juste après la guerre, avant que mes nerfs ne me lâchent. Je m'étais bien amusé. J'aimais l'anonymat que confère le déguisement, et cela m'avait plu d'entrer pour quelques heures dans la peau d'un personnage réel ou romanesque, de préférence celle d'un aventurier ou d'un explorateur. Me prendre pour un Shackleton, un Quatermain.

Suite au choc dû à l'accident et à ma descente à travers bois dans le froid, j'étais encore tout courbatu, aussi j'enfilai la tunique avec précaution, puis reculai pour me contempler dans le miroir. Certes je n'avais rien d'un héros à la Rider Haggard, pourtant, avec ses cheveux un peu hirsutes et sa tunique paysanne, mon reflet me plut assez.

En me regardant de plus près, je me sentis remué par une émotion indéfinissable ; car malgré les défauts et les taches de tain qui assombrissaient la glace biseautée, elle me renvoyait l'image de quelqu'un que j'avais cru ne jamais revoir. Moi-même. Ou plutôt, celui que je serais devenu si le chagrin ne m'avait marqué de son sceau. Les plis amers du deuil et de la maladie étaient toujours là. Indéniablement j'étais d'une pâleur et d'une maigreur excessives, et mes yeux verts étaient peut-être un peu trop brillants. Mais ces traits-là m'étaient familiers. Mon ancien moi refaisait surface. Freddie Watson, fils cadet de George et Anne Watson, demeurant à Crossways Lodge, Lavant, dans le Sussex.

Je me contemplai encore un moment, prenant pour une fois plaisir à ma propre compagnie, mais mes orteils nus et glacés me rappelèrent à l'ordre et je m'empressai de finir de m'habiller. Mme Galy n'avait pas laissé de pantalons assortis à la tunique, et j'en déduisis que je devrais remettre les miens. Les revers étaient encore un peu humides, mais le reste avait séché. Je les enfilai, boutonnai la braguette puis, rebondissant sur le matelas bosselé, je baissai la tête pour voir les chaussures qu'on m'avait laissées à la place de mes bottes.

Je les examinai à la lueur de la lampe à pétrole. C'étaient des bottes en cuir souple, sans talons ni attaches. Elles aussi avaient quelque chose de théâtral. Et elles aussi éveillèrent en moi des souvenirs. Une sortie en famille un Noël, quand ma mère nous avait emmenés George et moi voir *Peter Pan* au Lyric Theater. L'après-midi était resté gravé dans mon esprit car il était rare qu'elle nous accompagne. Pendant l'entracte, nous avions mangé des sucres d'orge tandis que Maman scrutait le public en quête des dernières nouveautés de la mode. Elle était belle, avec son teint de pêche qui paraissait encore plus velouté, dans les lumières tamisées du théâtre. Les mois qui suivirent, George et moi avions fait nôtre la rengaine de Peter Pan disant que mourir serait une « sacrée grande aventure », en nous croyant drôles.

Les bottes que j'avais à la main étaient en tous points semblables aux chausses que portait le garçon qui interprétait Peter Pan. M'apprêtant à les enfiler, j'entendais déjà George me taquiner d'un ton persiflant « Non mon vieux, là, tu vas trop loin » avec son humour pince-sans-rire, tout en me bourrant de petits coups de poings.

— Et alors, ce n'est pas mal d'aller trop loin, de temps en temps, répondis-je, tandis que mon sourire s'effaçait.

Ces paroles, moi seul les avais prononcées. J'aurais tellement voulu l'entendre à nouveau, avec cette façon si particulière qu'il avait de laisser tomber la voix à la fin de chaque phrase, cette ironie un peu détachée, qui pouvait se transformer l'instant d'après en francs éclats de rire et faisait tout son charme. Mais j'avais beau essayer de tenir mon rôle et le sien tour à tour, la conversation finissait toujours en soliloque.

Fut-ce ici, dans cette petite chambre de Néans, que j'en pris conscience ? C'était devenu une habitude chez moi, une manie même d'attribuer à George chaque remarque sensée ou réflexion pleine d'esprit. J'étais sorti de ma propre vie pour me mettre en coulisses, et lui céder l'avant-scène. Ou bien savais-je déjà tout cela au fond de moi, mais me refusais-je à l'admettre ?

En tout cas, ce fut en laissant choir la paire de chausses par terre que je pris conscience que quelque chose s'échappait de moi. Une chose à jamais perdue.

— Tu parles d'une grande aventure, maugréai-je.

Je restai assis encore un moment, puis j'allai me servir deux doigts de la liqueur que contenait la bouteille au cul épais, et j'avalai mon verre d'un trait. Elle était un peu trop sucrée à mon goût, mais elle me brûla le fond de la gorge et une douce chaleur se répandit dans ma poitrine. Je m'en resservis une rasade qu'à nouveau j'avalai d'un trait. L'alcool taillait dans le contour trop net des choses pour adoucir leur tranchant. À présent je n'avais plus guère envie de quitter le cocon douillet de ma chambre. Sortant une cigarette de mon étui, je la tapotai pour tasser le tabac, puis arpentai la pièce tout en fumant, jouissant cette fois du contact du bois froid sous mes pieds nus. Songeant au déroulement de cette journée, au cours des choses..

Je jetai mon mégot dans la cheminée puis, comme je m'accroupissais pour voir où en étaient mes chaussettes, je sentis la pièce valser autour de moi.

— Il faut que je mange quelque chose, marmonnai-je.

Mes chaussettes étaient sèches, raides comme des planches, et je dus les frotter, étirer la laine avant de les enfiler. Les chausses n'étaient pas vraiment assorties à mes pantalons en tweed, mais au moins elles étaient à ma taille.

Enfin prêt, je ramassai les affaires que j'avais déposées sur le dessus de la commode, ainsi que le

plan dessiné à la main que Mme Galy m'avait laissé comme promis. Puis, après avoir jeté un dernier regard à la chambre, je pris la lettre et sortis dans le couloir glacé.

Il n'y avait personne en bas, pourtant les lampes à pétrole étaient restées allumées. Je posai la lettre bien en vue sur le comptoir et me penchant par dessus, lançai vers la pénombre des arrière-salles :

— Monsieur Galy ? Je m'en vais.

Il n'y eut pas de réponse. En reculant, je vis que l'empreinte de mes mains restait sur le bois ciré. Le hic, c'est que je ne savais pas du tout comment faire pour rentrer à la pension plus tard dans la soirée. Aurais-je besoin de la clef de la porte d'entrée ? Devrais-je sonner, ou la porte serait-elle restée ouverte ?

— Monsieur Galy, je m'en vais ! répétai-je encore.

Toujours pas de réponse. J'hésitai, puis je me glissai derrière le comptoir et raccrochai la clef au tableau pour qu'il se rende compte que j'étais sorti.

Il y avait une horloge à l'ancienne dans l'alcôve sous la cage d'escalier. J'admirai son cadran ivoire moucheté, ses élégants chiffres romains, ses aiguilles délicates. Le balancier faisait un bruit régulier un peu ronronnant, puis un carillon aigu se mit à sonner.

D'accord, j'avais pris mon temps, mais je fus tout de même éberlué de m'apercevoir qu'il était déjà dix heures. Au sanatorium, j'étais sous sédatif, et les journées passaient en un clin d'œil. En d'autres occasions, abruti par les remèdes que les médecins m'obligeaient à avaler soir et matin, je sentais le monde ralentir jusqu'à une complète immobilité. Six heures avaient passé depuis mon arrivée à la pension. Si mon estomac criait famine, cela n'avait rien d'étonnant.

Mon manteau était accroché à une patère à côté de l'entrée. Je l'enfilai, coiffai ma casquette, puis j'ouvris la lourde porte et sortis dans la nuit.

La fête de la Saint-Étienne

C'était très beau, très calme. Éclairée par les flambeaux rougeoyants, la place de l'Église était déserte. Le sol durci déjà couvert de givre scintillait sous mes pieds. On aurait dit l'une de ces cartes de Noël décorées de petits cristaux brillants.

Le plan de Mme Galy à la main, je traversai la place en diagonale vers l'église et le dédale de ruelles qui constituait le vieux quartier de la ville, où je devais trouver l'Ostal selon ses indications.

Après avoir dépassé l'allée de platanes, je m'engageai dans l'étroit passage qui longeait le flanc de l'église. L'air glacial me pinçait les joues et j'avais froid aux mains sans mes gants, aussi marchais-je à vive allure. Durant le peu de temps que je mis à traverser la place, une brume de montagne descendit bas sur le village, enveloppant tout d'une blancheur diaphane, mouvante. Elle s'enroulait autour des édifices, s'accrochait aux coins des rues.

Je pressai davantage le pas. La rue de l'Église menait à un entrelacs de ruelles pavées qui se ressemblaient toutes et où ne figurait aucun panneau.

J'avais beau savoir que j'avançais dans la bonne direction, malgré les annotations précises de Mme Galy, il n'était pas évident de savoir quelle ruelle prendre. Et si dans les maisons qui donnaient sur la place, les gens avaient laissé les lumières allumées, ici, dans le vieux quartier, il faisait vraiment très noir. Les fenêtres avaient toutes leurs volets clos.

Je fis une pause, le temps d'éclairer le plan avec une allumette en essayant de m'orienter par rapport à la place de l'Église avant de repartir, car je me trouvais face à un croisement qui n'y était pas indiqué. D'habitude, je n'étais pas si nigaud, mais le manque de panneaux dans les rues et la brume sinueuse ne me facilitaient pas les choses.

Alors des bribes de conversation, des rires, des éclats de voix formant un brouhaha confus me parvinrent à travers les venelles sur l'air nocturne. Je pliai le plan, le rangeai dans ma poche. Me fiant cette fois à mon instinct, je repris mon chemin. Au détour d'un étroit passage, j'aperçus enfin une lumière devant moi et, brusquement, j'émergeai du dédale de ruelles pour me trouver dans un espace à découvert.

Juste devant moi s'élevait un grand édifice rectangulaire, qui me rappela le marché à la laine de Tarascon. Dans le noir, il était difficile de discerner sa couleur, mais il ressemblait fort aux autres mairies que j'avais vues dans les villes du Sud que j'avais traversées. Construit en calcaire pâle, matériau omniprésent dans les Pyrénées, avec son toit pentu, il était à la fois modeste et imposant.

Une colonnade courait le long de la façade, avec trois grandes arches et des marches qui bordaient toute la largeur du bâtiment. La poussière des années semblait s'être accumulée dans les reliefs de la pierre. Au centre, par une lourde double porte en bois ouverte, se déversait un rectangle de lumière accueillant, dans la nuit de décembre.

Le ventre un peu noué par un mélange d'excitation et d'appréhension, je gravis les marches et me retrouvai dans une sorte de hall d'entrée. Il y faisait à peine

moins froid qu'au dehors. Devant moi, une immense
porte était décorée de fruits et de symboles héral-
diques aux motifs subtils sculptés dans le bois
sombre.

J'ôtai mon manteau en m'émerveillant du sérieux
avec lequel les citoyens de Néans abordaient leur
célébration annuelle. Car au lieu des pardessus, man-
teaux de fourrure et étoles habituelles, c'étaient des
capes qui étaient suspendues aux patères en fer forgé,
toutes de couleur unie dans des tons de bleu, rouge,
vert ou brun. Mon pardessus dénotait étrangement en
cette compagnie ; il faisait moderne et d'un style trop
recherché.

Pour calmer mon anxiété, j'inspirai profondément
deux ou trois fois, puis je lissai ma tunique et franchis
le seuil avec toute l'assurance dont j'étais capable.

Aussitôt une vague de chaleur m'assaillit, chaleur
du feu et chaleur humaine combinées, avec une forte
odeur de fumée et surtout, un vacarme qui me parut
assourdissant après le silence du vieux quartier, fait
de rires, de bavardages, de bruits de vaisselle qui
s'entrechoque, des allées et venues des serveuses. Je
restai un instant figé sur place, quelque peu médusé
par la scène et le décor qui s'offraient à moi. Dans
l'atmosphère enfumée par la flambée qui brûlait vivement à l'autre bout de la salle, un millier de bougies
fichées sur des appliques murales projetaient des
entrelacs de lumières et d'ombres mouvantes, dan-
santes. Je parcourus la salle du regard en espérant
apercevoir Mme Galy, mais il était impossible de
repérer quelqu'un dans cette foule.

Peu à peu je distinguais mieux ce qui m'entourait. La salle était deux fois plus longue que large, avec un plafond voûté. Les murs de pierre étaient nus, sans tableaux, ni photographies, ni ornements d'aucune sorte. Une longue table de réfectoire en occupait le fond et deux autres tables longeaient les murs adjacents, chacune couverte de lourdes nappes en lin blanc et bordée de bancs des deux côtés. Seule la table du fond était équipée de chaises.

Alors, flottant sur le vacarme ambiant, un filet de musique répondit en contrepoint à la partie concertante de la foule. Je reconnus les premiers accords d'une vielle jouant une simple mélodie et peu après, une voix claire et haute de jeune garçon s'éleva.

> *Lo vièlh Ivèrn ambe sa sàmba ranca*
> *Ara es tornat dins los nòstres camins*
> *Le nèu retrais una flassada blanca*
> *E'l Cerç bronzís dins las brancas dels pins.*

Sans comprendre exactement les paroles, j'en perçus à peu près le sens. Le chant parlait des montagnes, de l'hiver, de la neige et des pins. C'était une vieille ballade en langue ancienne, et elle me tint sous son charme tout le temps qu'elle dura, emplissant ma tête d'images, d'émotions dont j'avais été longtemps privé. Au point que je sentis mes yeux me piquer.

Un jour, bien des années en arrière, j'avais tenté d'expliquer à George ce que j'éprouvais en écoutant chanter une chorale, lorsque l'écho sonore du plain-chant s'élevait dans les hauteurs de la cathédrale ou montait des stalles de notre petite église de campagne de Lavant, mais cette extase lui échappait. La musique le laissait froid, et il avait beau rester assis pendant des heures à m'écouter jouer du piano, je savais que ses pensées étaient ailleurs. Il le faisait pour moi, pas pour son propre plaisir.

— Monsieur, soyez le bienvenu.

La voix me ramena en sursaut au présent. Me retournant, je découvris un grand rouquin à l'épaisse tignasse qui me souriait d'un air débonnaire.

— Bonjour, lui dis-je en lui tendant la main. Frederick Watson. Mme Galy m'a invité à venir faire un tour. Je loge chez elle pour un jour ou deux.

— Guillaume Marty.

Malgré son sourire jovial, il ne me serra pas la main, aussi la laissai-je retomber.

— Quelle affluence ! C'est merveilleux de voir tant de monde, remarquai-je.

— Oui, tous ceux qui le peuvent se sont déplacés, acquiesça-t-il. Veuillez me suivre. Je vais vous trouver un siège.

Marty était vêtu d'une longue robe verte rappelant celle d'un prêtre ou d'un moine et qui ne semblait pas le moins du monde le gêner dans ses mouvements. Il portait des sandales et une ceinture de cuir à laquelle pendait un rouleau de parchemin. Très à l'aise, il se fraya vivement un chemin à travers la foule, jouant son rôle à la perfection et, à nouveau, je m'émerveillai de la peine que les habitants de ce petit village se donnaient pour que leur fête annuelle soit en tous points une réussite.

Tandis que nous traversions la salle, Marty s'arrêta maintes fois pour saluer telle ou telle connaissance. Raymonde et Blanche Maury, deux sœurs tout sourires vêtues de robes bleu roi bordées au col et aux poignets de surpiqûres rouges. Sénher Bernard et son épouse ; une veuve nommée Na Azéma, telle qu'elle se présenta, les cheveux couverts d'un voile gris épinglé sous le menton ; Na et Sénher Autier, un sieur corpulent dont on voyait à son teint fleuri que c'était un bon vivant. En cours de route, je compris que *Na* et *Sénher* signifiaient « madame » et « monsieur » en langue locale. Je remarquai une femme qui ressemblait fort à ma logeuse et j'allais lui faire signe quand elle se retourna ; en la voyant de face, je m'aperçus que ce n'était pas elle.

— Et Mme Galy, est-elle là ?

— Non, je ne crois point l'avoir vue.

Il y avait un tel contraste entre les émotions chagrines qui m'avaient submergé quand j'étais arrivé en ville et cette réunion conviviale ! Tous ceux que nous croisions hochaient aimablement la tête en nous souriant.

Guillaume Marty s'arrêta pour m'indiquer où m'asseoir, à l'une des rares places restées libres sur les bancs. Je m'y faufilai assez gauchement en donnant par mégarde quelques coups de genoux et de coudes. Quand je me retournai pour le remercier, il avait déjà disparu, happé par la foule. J'eus beau tordre la tête en tous sens pour parcourir la salle du regard, je n'aperçus nulle part sa robe verte.

— C'est bizarre qu'il soit parti sans dire un mot. Tant pis, murmurai-je, avant de me tourner vers mes voisins de table immédiats.

Sur ma droite se trouvait un homme d'à peu près mon âge, avec des cheveux bruns drus comme de la paille et d'épais sourcils noirs. Il était à moitié avachi, et sa tunique foncée, ceinturée à la taille, était maculée de taches de graisse et de vin rouge. Apparemment, vu la saleté de sa mise et ses ongles encrassés, il avait dû faire bombance. Un instant, je vis passer dans ses yeux une lueur de curiosité, vite masquée. Je lui souris et il me répondit par un petit hochement de tête, mais sans m'adresser la parole.

Je me tournai sur ma gauche.

Si je savais mieux manier les mots, je parviendrais peut-être à rendre les premières impressions que j'eus en découvrant la jeune fille assise à côté de moi. À défaut, il faudra vous contenter d'une simple description. En la voyant, moi qui étais depuis si longtemps insensible à la beauté, je sentis mon cœur s'envoler. Burne-Jones ou Waterhouse auraient pu la prendre pour modèle. Des cheveux noirs tombant en boucles libres autour d'un visage d'une grâce infinie, un teint de porcelaine qu'aucun fard ne venait souiller. Une belle bouche charnue, avec aux coins des lèvres des rides d'expression rieuses qui accentuaient son charme.

Manifestement, elle avait dû sentir l'intensité de mon regard, car elle tourna vers moi ses yeux gris, intelligents, bordés de longs cils, pour me fixer en retour. Je restai bouche bée, comme un idiot.

— Frederick Watson, repris-je enfin en me rappelant les bonnes manières. Mes amis m'appellent Freddie.

— Moi, c'est Fabrissa.

Elle n'en dit pas plus, mais cela suffit pour qu'en un instant sa voix me devienne chère, et familière.

— Quel charmant prénom, bredouillai-je, l'air hagard. Pardonnez-moi, je suis un peu… déboussolé.

— Je comprends. Ce n'est pas facile de se retrouver seul au milieu de tous ces inconnus.

— En effet, m'empressai-je de répondre. On ne sait trop à quoi s'attendre, ni comment se comporter.

Fabrissa resta silencieuse, et j'accueillis moi-même avec gratitude ce répit. Je bus une gorgée de vin pour me calmer. C'était un rosé sec qui avait un peu l'âpreté d'un xérès, et il me fit tousser. Elle feignit de ne rien remarquer.

L'activité fébrile qui régnait autour de nous me permit de l'observer du coin de l'œil et d'embrasser détail après détail toute son apparence. Elle portait une longue robe bleue ajustée aux épaules qui finissait en pointe à la taille, dont le col et les manches évasées sur les poignets étaient ornés d'un motif de croisillons blancs que l'on retrouvait également sur sa ceinture, en bleu et rouge sur fond blanc. L'impression générale était sobre, mais d'une rare élégance, sans rien de trop appuyé. Pas de froufrou. Une tenue d'une éblouissante simplicité.

Tout doucement, Fabrissa et moi en vînmes peu à peu à converser. Le vin aidant, mon pouls reprit un rythme normal. Mais je ressentais sa présence avec une intensité presque douloureuse, comme si elle transmettait une sorte de courant électrique. Auprès de sa peau blanche, sa robe bleue, ses cheveux noirs de jais, je me sentais si disgracieux et balourd que je m'abritais derrière d'innocentes questions. Ainsi réussis-je, contre toute attente, à garder une voix calme et unie sans rien trahir de ma nervosité.

Des servantes circulaient en portant des soupières. Quand on en soulevait les couvercles, il s'en échappait des arômes succulents de soupe au chou et au lard agrémentée de fines herbes, qu'on servait à la louche dans les bols de terre posés devant chaque convive.

Apparemment il n'y avait pas d'ordre dans le menu. Les plats arrivaient au hasard, haricots blancs à l'huile, purée de navets, poulets rôtis, mouton à la broche, porc salé. Un serveur apparut à l'autre bout de la salle, portant à bout de bras sur un plateau en bois un plat de truites luisantes.

Fabrissa me commentait chacun des plats, des spécialités régionales que je n'avais encore jamais goûtées. Une compote en particulier, qui avait la consistance poisseuse du miel ; elle était à base de nèfles, un fruit assez laid d'aspect, qu'on devait laisser mûrir après l'avoir cueilli jusqu'à ce qu'il devienne blet. Un autre dessert d'hiver traditionnel consistait en des fleurs de cardons qu'on faisait blanchir, puis qu'on enfouissait dans le sol enveloppées de tissu et qu'on mélangeait à du miel une fois déterrées pour en faire une pâte lisse.

À part la nourriture, je ne me souviens guère de la teneur de notre conversation en ce début de soirée. Tout est confus dans mon esprit, embrumé par les vapeurs tièdes de l'alcool, de la fumée et du brouhaha ambiant. Je sais seulement qu'elle était anodine, sans importance, mais si agréable pour moi. Je ne me rappelle même pas si Fabrissa me parlait en français et moi en anglais, ou si nous formions un duo en passant d'une langue à l'autre. Mais ce que je puis dire, même cinq ans après, c'est que, quand j'y repense, je retrouve encore la saveur forte du porc salé sur ma langue ainsi que le goût onctueux des gros haricots qu'on appelle en ce pays des lingots baignant dans l'huile d'olive, et le croustillant du pain frais qui s'effritait entre mes doigts.

Et dans ma tête résonne encore la ballade chantée par le troubadour. Je n'ai pas une fois aperçu le chanteur, mais sa voix s'élevait vers les hauteurs de la salle, les poutres, les recoins poussiéreux pour flotter jusqu'à moi. Cela m'émerveillait qu'il puisse chanter si longtemps en gardant ce timbre égal et pur, et je crois l'avoir dit à Fabrissa. Je crois même avoir été tenté de lui parler des aspirations musicales que j'avais avant que la guerre n'éclate, et que mon père n'estime que ce n'était pas une carrière convenable pour son fils. Mais je refusais de me laisser aller à ce genre de confidences. Je n'avais pas envie de lui peser, et ne souhaitais surtout pas lui apparaître sous un jour défavorable, comme un homme déçu par la vie. Alors je lui demandai ce que racontait la ballade, et quand elle eut fini, je lui expliquai à mon tour les harmoniques particulières qui conféraient tant de charme à son accompagnement.

Ainsi le temps passa, sans pourtant bouger d'un pouce. Pour moi, envoûté comme j'étais, le monde se bornait aux mains fines et blanches de Fabrissa, à sa cascade de boucles noires, ses yeux gris, sa voix claire et douce.

— Êtes-vous un honnête homme ? s'enquit-elle.

— Pardon ?

Surpris autant par la question que par le ton grave sur lequel elle l'avait posée, qui différait tant de la légèreté de nos échanges précédents, je ne savais trop comment réagir.

Mais, comme il se doit, je répondis :

— Disons que oui. Je crois être un honnête homme.

Fabrissa pencha la tête et son regard s'aiguisa.

— Un homme qui sait distinguer la vérité du mensonge ?

Méditatif, je restai un instant silencieux, songeant à ces dix années où j'avais entendu des voix dans ma tête, où les souvenirs étaient plus réels que le monde extérieur, où j'avais vécu avec George à mon côté, loin des vivants. Tout cela faisait de moi un individu on ne peut plus éloigné de la réalité, et peu à même de distinguer la vérité du mensonge. Pourtant, assis là avec Fabrissa dans la chaleur de l'Ostal, la réponse s'imposa à moi.

— Oui, quand c'est important, je crois pouvoir les distinguer.

Alors elle m'adressa un grand sourire plein d'espoir. Pauvre de moi. Je fus soudain submergé, noyé sous un flot d'émotions qui me laissèrent pantois et perdu non pas corps et biens, mais cœur et âme. Je ne m'appartenais plus, et elle me scrutait toujours, comme cherchant la réponse à une question qu'elle n'avait pas encore posée.

— Oui, finit-elle par dire. Je le crois.

Un soupir s'échappa de mes lèvres. C'était comme si je venais de passer une sorte d'épreuve. Un Gauvain moderne quittant la Table ronde, après avoir reçu de sa dame les termes de sa quête. Je sentais sur moi son regard qui me jaugeait. Je voyais bien qu'elle hésitait encore, réfléchissant, pesant le pour et le contre. Je le voyais aux mouvements de ses yeux, malgré son calme apparent. Moi-même j'essayais de ne pas me laisser démonter, alors que je sentais dans mon ventre des remous, comme un canot qui tangue et prend l'eau.

Le silence s'étirait entre nous. Formes, sons, odeurs, la salle ainsi que tous les convives s'étaient évanouis. Alors Fabrissa changea de position et le charme fut rompu.

— Parlez-moi de lui, déclara-t-elle.

Le sol s'ouvrit sous moi comme la trappe sous la potence du bourreau. Ce fut une chute soudaine, brutale, suivie de la secousse de la corde qui se tend.

Comment savait-elle ? Je n'en avais rien dit. Je n'avais pas fait la moindre allusion. Je n'avais aucune envie de parler de George, pas même à Fabrissa. Surtout pas à Fabrissa. Je ne voulais pas qu'elle me voie comme l'épave que je croyais être devenu, mais comme l'homme que j'avais été durant ces toutes dernières heures passées en sa compagnie.

— Que voulez-vous dire ? répondis-je, d'un ton plus vif que je n'en avais l'intention.

Elle sourit.

— Parlez-moi de George, répéta-t-elle. Freddie ? ajouta-t-elle posément, comme je faisais mine de ne pas comprendre.

Sa main glissa sur la nappe de lin blanche et s'approcha de la mienne. Ses ongles avaient l'éclat nacré des perles.

— Je ne peux pas, bredouillai-je, suffoquant presque.

— Pourquoi ?

Comment l'expliquer ?

— Tout a été dit, marmonnai-je en cherchant une échappatoire.

— Et si l'on n'avait pas su trouver les mots justes ?

Sa main était si proche de la mienne à présent qu'elles se touchaient presque. Je remarquai l'anneau d'or qu'elle portait au pouce droit. Il était trop grand pour elle et reposait de guinguois sur la jointure, comme surpris de se trouver là.

— Ça n'arrange rien de parler.

Entre sa peau et la mienne l'air vibrait, électrique. Je n'osais bouger. N'osais avancer pour toucher sa main même du bout des doigts.

— Ça n'arrange rien, répétai-je, la gorge sèche, en lui lançant un coup d'œil.

Elle souriait toujours, non de pitié, mais de compassion, l'air attentif. Quelque chose se fissura en moi.

— Peut-être n'avez-vous parlé que pour répondre aux questions des autres ? C'est différent, ici. La donne n'est pas la même. Essayez.

— J'ai essayé, rétorquai-je d'un ton un peu mordant, contrarié de voir combien revenait vite le sentiment d'être jugé injustement.

Ma mère m'avait reproché de ne pas aller bien, mon père aussi. Je ne pourrais supporter que Fabrissa fasse de même.

— Personne ne m'a cru, pourtant j'ai bel et bien essayé.

À dessein ou par hasard, sa main effleura la mienne quand elle la retira de la table pour la poser sur ses genoux. Ce fut une sensation intense, profonde, comme une brûlure.

— Essayez encore, Freddie.

En ces trois mots simples, prononcés d'une voix posée, résidait comme une promesse, celle d'une vie entière qui m'attendait, si seulement je savais saisir ma chance.

Je me souviens encore du sentiment de légèreté qui m'envahit alors pour se répandre dans tout mon être : tout redevenait possible. Les nerfs, les muscles, les veines de mon corps semblèrent soudain vibrer, se ranimer. Si je trouvais le courage de parler, elle m'écouterait. Oui, Fabrissa écouterait.

Je pris une profonde inspiration, puis j'expirai lentement, en un souffle continu. Alors, je me mis à parler.

Douloureux souvenirs

— Cette journée est inscrite dans ma mémoire, dis-je. Je me la rappelle dans ses moindres détails, odeurs, impressions tactiles... Oui, je me souviens de chacune des secondes qui ont précédé et suivi ces coups frappés à la porte.

» J'étais dans la chambre d'enfant, assis par terre en tailleur devant la cheminée, et je faisais griller du pain à l'aide d'une fourchette en m'apprêtant à le tartiner de beurre frais. On était au mois de septembre, mais l'automne s'annonçait déjà. Les feuilles du hêtre pourpre prenaient une nuance mordorée et au petit matin, l'intérieur des vitres était embué. On avait fait du feu pour la première fois depuis l'hiver précédent, et la poussière accumulée dans la cheminée répandait une odeur âcre en brûlant.

» Sur le mur au-dessus de mon lit était punaisée une carte de l'Europe dessinée à la main, imprimée par le *Manchester Guardian*. Elle était couverte des croix rouges que j'inscrivais en tentant de suivre sinon les déplacements du Royal Sussex Regiment, du moins les lieux où j'imaginais que la division de mon frère pouvait se trouver. Où George...

Mes souvenirs étaient si vifs que je m'interrompis, plus ému que je ne l'aurais voulu.

Fabrissa attendit. Elle n'éprouvait pas le besoin, semblait-il, de me presser ni d'exiger de moi un récit clair et cohérent au lieu de ces fragments glanés à l'aveuglette. Sa patience me fut contagieuse car quand je trouvai la force de continuer, la suite des événements m'apparut plus claire, et les mots me vinrent un peu moins décousus qu'auparavant.

— Je n'entendis pas frapper à la porte, repris-je. Mais je reconnus les pas de Florence, notre employée de maison, sur les dalles de pierre du couloir, car elle avait tendance à traîner un peu des pieds. J'entendis également la porte d'entrée s'ouvrir, puis quelques mots échangés à voix basse, que je n'ai pas saisis.

» Pourtant, je crois qu'à l'instant même j'ai su. Dans le silence qui a suivi, il y avait une violence extrême, contenue, qui criait que ce visiteur n'était pas le bienvenu. Je me souviens m'être figé sur place, la fourchette à la main, pour écouter, écouter ce silence. Alors j'ai entendu la voix de ma mère claire, aiguë résonner dans le couloir, puis à la porte. Oui, oui, je suis Mrs. Watson. Et peu après, un seul mot, prononcé à voix basse, qui annonçait le pire : « Non. »

» La fourchette que je tenais m'a échappé des mains. Je la revois tomber au ralenti et rebondir sur la pierre du foyer en virevoltant tel un danseur de claquettes avant de s'immobiliser. Je me souviens du pain, grillé à point d'un côté, blanc de l'autre. J'ai couru vers la porte, je l'ai ouverte si violemment qu'elle a heurté le mur du couloir, puis j'ai dévalé l'escalier en chaussettes et au tournant dangereux, immanquablement, j'ai glissé, perdu l'équilibre, et me suis cogné très fort le tibia. En voyant ma chaussette tachée de sang, je me rappelle m'être dit absurdement que j'allais me faire gronder pour ma gaucherie.

» Quand je suis arrivé au premier étage, là où commençait le tapis, un son déchirant est monté du hall en dessous. Ce n'était pas un cri, mais une sorte de plainte presque animale. Un « Non » répété à l'infini, en une seule note, qui m'a transpercé de part en part.

Je m'interrompis à nouveau, trop ému par ces souvenirs, et jetai un coup d'œil à Fabrissa, quêtant son encouragement.

— Je vous en prie, continuez, dit-elle en hochant la tête.

Je soutins un instant son regard, puis baissai les yeux pour fixer à nouveau le même point sur la table.

— C'était le 15 septembre, vous l'ai-je déjà précisé ? Presque deux ans après le jour où George s'était engagé. Je l'avais revu depuis. Deux fois il avait été blessé et renvoyé dans ses foyers. Pour un problème de surdité suite à un bombardement, rien de très grave. Et la deuxième fois pour une balle dans la cuisse, qui n'avait pas mis sa vie en danger.

Je haussai les épaules, un geste anodin cachant la colère que j'éprouvais envers les médecins et mon père, de l'avoir laissé ainsi repartir au front. Pourtant je savais bien que c'était lui qui l'avait voulu. Entre héroïsme et arrogance, il n'y a qu'un pas, et George l'avait toujours franchi. Nous étions les frères Watson. Rien ne pouvait nous atteindre. Il avait cru au mythe de sa propre invincibilité, alors que moi... Moi j'avais toujours ressenti le monde comme peuplé de dangers, rempli de pièges.

— Les deux fois on l'a rafistolé et on l'a renvoyé au combat. Mais cela faisait un moment que nous n'avions pas reçu de lettre. Depuis le mois de mai. Comme il devait bientôt rentrer à la maison pour un congé d'un ou deux jours, j'essayais de ne pas m'inquiéter. Et puis cet été-là, j'avais été malade, une sale grippe, aussi n'avais-je pu suivre d'aussi près les progressions du bataillon de George dans les journaux.

Sans réfléchir, je retournai mes mains, paumes ouvertes. Ce n'étaient plus celles d'un enfant punaisant une carte sur un mur.

— Le pire, c'est que personne ne m'a rien dit. Ni sur le moment, ni plus tard. Quand arrivé dans l'entrée, je me suis précipité vers ma mère, elle m'a repoussé, comme si elle ne pouvait supporter ma vue. Sans violence excessive, mais j'ai vacillé en reculant, et j'ai heurté la console de l'entrée. Le vase de cristal contenant des roses tardives qui y était posé s'est fracassé par terre, jonchant le tapis d'eau, de débris de verre, de pétales éparpillés. On a laissé Florence m'emmener à la cuisine pour tamponner d'iode ma blessure au tibia. Elle pleurait. Sa coiffe était toute de travers. Tout le monde pleurait. Florence, Maisie, Mrs. Taylor, notre cuisinière. Elles aussi l'aimaient.

» Ma mère s'est enfermée dans le salon jusqu'au retour de mon père. Je les ai entendus parler derrière la porte close, et j'ai collé l'oreille contre le bois en priant pour qu'ils s'aperçoivent de ma présence et me fassent entrer. Mais non. Certes j'avais deviné ce que le télégramme annonçait, je savais déjà que tout était fichu, mais personne ne me disait précisément ce qui était arrivé à George. On m'avait tout bonnement oublié.

» J'avais quinze ans, mais je me suis posté plus haut dans l'escalier, comme du temps où j'étais petit, en fixant la porte d'entrée, la tête posée contre la rampe, le bras passé autour des barreaux. Je suis resté assis là des heures, à regarder le soleil couchant projeter ses rayons de lumière bleus et rouges sur les dalles de pierre à travers le vitrail.

— Avec l'espoir de voir George apparaître ?

— Je ne sais pas au juste, répondis-je en haussant les épaules.

Doucement, gentiment, Fabrissa couvrit ma main de la sienne. Sa peau était froide au toucher, et son contact si léger qu'elle semblait presque impalpable, comme si elle n'était pas vraiment là. Pourtant, la compréhension implicite que contenait ce simple geste me toucha profondément, et je me sentis plein de gratitude pour la sollicitude qu'elle me témoignait avec pudeur.

— Ce ne fut qu'un peu plus tard que j'ai su le contenu exact du télégramme. George était porté disparu. Je n'ai jamais compris pourquoi la nouvelle avait mis tant de temps à nous parvenir. L'offensive sur Boar's Head, ou tête de sanglier, avait eu lieu des semaines plus tôt. Le 13 juin, pour être exact. En un lieu appelé la Ferme du Bois, près de Richebourg-l'Avoué. La veille du jour où devait débuter la bataille de la Somme. Cette formule, « porté disparu », me remplissait de trouble et j'espérais de toute mon âme qu'il subsistait un doute. Et si les Allemands l'avaient fait prisonnier ? S'il était dans un hôpital, après avoir perdu la mémoire ? J'en voulais terriblement à mes parents d'être si défaitistes et de croire au pire si facilement. De ne pas se cramponner à l'idée que George pouvait être encore en vie.

» Plus tard, on renvoya ses affaires chez nous par l'intermédiaire de la Cox's. Sa casquette manquait. L'insigne de la Jarretière et la plume de Roussillon dont il était si fier avaient disparu. Mais il y avait une veste couverte de sang, et ses bretelles. Le tout dans un état pitoyable, raide de boue, imprégné d'une odeur immonde de charnier et de gaz…, ajoutai-je, sentant ma gorge se nouer. Ce ne fut qu'en entendant par mégarde Florence parler au fils du quincailler à la porte de service que j'ai compris que le corps de George était si déchiqueté qu'il ne restait plus rien à identifier. Presque tout le 13ᵉ bataillon, celui des Southdowners, avait succombé. George était bel et bien mort, fauché avec ses hommes. Seulement, on ne pouvait distinguer un corps d'un autre.

— C'est alors que vous êtes tombé malade ?

— Non, pas tout de suite. Plus tard. La dépression nerveuse, neurasthénie ou *petit mal*, comme disent les Français – qu'importe le nom qu'on lui donne… –, n'est pas venue tout de suite. Mais quand j'ai atteint l'âge où George était mort. Le jour de mon vingt et unième anniversaire, pour être exact.

— Vous ne parliez pas de votre chagrin ?

— Qui m'aurait écouté ? Dans un rayon d'un kilomètre autour de notre maison, vingt, trente familles avaient été pareillement touchées. La bataille de Boar's Head est connue comme « le jour où mourut le Sussex ». Des centaines de gars du pays, de jeunes engagés comme George, sont partis pour ne plus jamais revenir. Sur le monument aux morts de mon village natal figure une plaque commémorative portant les noms des trente hommes de tous grades qui tombèrent en ce jour funeste. Il en fut de même pour tous les villages alentour. Et puis, la guerre était loin d'être finie, d'autres batailles s'annonçaient, moins vaines peut-être, mais plus sanglantes encore. Je ne me sentais sans doute pas le droit d'en faire tout un plat. Je me croyais assez grand pour surmonter cette perte. En tout cas, mes parents le croyaient.

— Et donc ils ne se sont pas rendu compte de votre souffrance ?

— Je ne suis pas sûr que cela aurait changé grand-chose. C'était George qu'ils aimaient, comprenez-vous ? Ils n'étaient pas délibérément cruels, mais le chagrin d'avoir perdu leur fils aîné les accaparait tout entiers et les épuisait. Il ne leur est pas venu à l'esprit qu'il puisse me manquer à moi aussi. Et puis, confusément, j'estimais que leur peine était plus légitime que la mienne. Alors je n'en parlais pas.

— Vos parents sont-ils toujours en vie ?

— Non. Ma mère est morte l'hiver dernier. Et mon père plus tôt dans l'année.

— Et ils vous manquent ?

J'allais débiter les platitudes d'usage, mais je me retins. À quoi bon mentir ? Donner le change en cédant cette fois encore aux bonnes manières, à la tradition, à la crainte de donner une piètre image de moi-même ? En vérité, j'éprouvais non pas du chagrin, mais du soulagement. À présent qu'ils n'étaient plus là, je n'avais plus besoin de faire semblant. S'ils n'avaient pas su m'aimer, c'était de leur faute, pas de la mienne.

— Par moments, répondis-je enfin. Quand quelque chose me fait penser à eux. Un souvenir des temps heureux. Mais en général, la vie est plus facile sans eux.

Je regardai à nouveau Fabrissa. Elle n'avait pas l'air choquée ni désapprobatrice. Sa peau semblait diaphane à la lueur des bougies, comme si l'effort qu'elle faisait pour écouter lui ôtait sa couleur.

— Souvent je me dis que j'aurais été capable d'accepter sa mort si seulement j'y avais cru, repris-je. Certes je l'aurais pleuré, mais j'aurais continué à vivre. Alors que pendant des années je n'ai pu m'y résoudre. Je ne pouvais me faire à l'idée qu'il ne passerait plus le seuil de la maison en sifflotant, que je ne le verrais plus assis dans le fauteuil en cuir du salon, faisant des ronds avec la fumée de sa cigarette pendant que je massacrais une sonate de Beethoven au piano. Cela semblait trop absurde.

» C'est ce qui me torturait le plus, je crois. Le fait de ne pas savoir. Ne pas savoir ce qui lui était arrivé, quand et comment il était mort. C'est devenu une obsession chez moi : il fallait reconstituer ses derniers instants. Alors j'ai lu tous les articles parus dans les journaux que j'avais manqués pendant ma maladie. J'ai planché sur la bataille de Richebourg-l'Avoué en étudiant toutes les informations la concernant sur lesquelles j'ai pu mettre la main : le terrain, les rapports météorologiques, les effectifs de chacun des camps. Je me suis mis à la recherche des rares Southdowners qui avaient survécu aux combats et je leur ai écrit pour leur demander s'ils avaient vu mon frère, s'ils pouvaient m'aider. Bref, j'ai empoisonné la vie de tout le monde, conclus-je avec un haussement d'épaules.

— Les morts laissent une ombre derrière eux, l'espace où ils vécurent résonne encore de leur écho. Ils nous hantent, sans jamais s'effacer ni vieillir comme nous le faisons. Ce n'est pas seulement leur futur que nous pleurons, c'est aussi le nôtre.

Elle parlait si doucement à présent que je devais tendre l'oreille pour l'entendre par-dessus le brouhaha ambiant.

— Pourtant ce n'est pas sa mort en elle-même qui vous a rendu malade, continua-t-elle. Mais ce qui a suivi.

J'avalai une gorgée de vin et sentis la salle tourner autour de moi. J'avais bu plus que de raison, mais j'avais besoin d'émousser un peu le fil de ma mémoire, d'adoucir les contours de mes souvenirs, si je voulais terminer mon récit.

— Tout ce que j'ai pu faire n'a rien changé, dis-je d'un ton posé. J'ai essayé de compenser la disparition de George en étant présent pour deux auprès de mes parents. Mais c'était George qu'ils voulaient voir revenir, et non une pâle imitation. Ils voulaient le fils qui joue au cricket, au rugby et s'en va à la guerre, pas un jeune gars casanier un peu faiblard, qui préfère lire et écouter de la musique plutôt que de faire du cheval, chasser ou patiner sur la rivière gelée en hiver.

Tout en parlant, j'entortillais un fil défait de ma tunique autour de mon index, si serré qu'il me coupait la circulation. Le bout de mon doigt devint blanc, puis violet. Cette sensation avait quelque chose de réconfortant.

— Pour finir, ce fut un livre qui eut raison de moi. J'y vois une certaine ironie, sachant comme mes parents n'appréciaient guère mon goût pour la lecture. Ce livre était le dernier cadeau de George, qu'il m'avait envoyé du front en décembre 1915, emballé dans du papier kraft et de la ficelle...

» En fait, repris-je après une pause, c'est surtout mon sentiment de culpabilité qui m'a fait craquer, je crois. Depuis six ans, j'étais sous son emprise, et le fardeau devenait toujours plus lourd. Au point qu'à la fin je n'ai plus eu la volonté de le combattre. Il semblait plus facile de laisser tomber.

— Et de quoi vous sentiez-vous coupable ?

— De tout. Je ne sais pas. Cela n'a pas de sens, mais c'est ce que j'éprouvais. Coupable d'être le mauvais fils, d'avoir été trop jeune pour combattre, d'être en vie alors que George n'était plus. Surtout, coupable d'apprendre à vivre sans lui, ajoutai-je en avalant péniblement ma salive, tant ma gorge était nouée. C'était comme si je commettais une trahison.

— Envers qui ?

— Envers George… Envers nous. Ce n'était pas rationnel, ajoutai-je avec un geste vague de la main, conscient de mon sang qui bouillonnait dans mes veines, échauffé par l'alcool.

— Il faut un certain courage pour survivre à ceux qui n'ont pas eu cette chance, murmura-t-elle.

Oui, soupirai-je, soulagé qu'elle comprenne. Et puis voilà. Cela semble idiot aujourd'hui, mais durant les jours et les semaines qui ont suivi l'arrivée du télégramme, j'ai essayé de marchander. Si jamais il s'avère que George n'est pas mort, je me priverai de faire telle ou telle chose, lire tel ou tel livre, jouer cette étude de Chopin. Voilà le genre de marché que je passais avec moi-même, ou avec un Dieu auquel je ne croyais plus. Des paris stupides dont je ne me souviens même plus…

Je tirai sur le fil de coton jusqu'à ce qu'il casse, et une fois la pression disparue, je sentis le sang revenir dans mon doigt.

— « Porté disparu. » Quelle formule…, ajoutai-je. Disparu signifie bel et bien mort. Mais sans corps à enterrer. Sans véritables funérailles. Sans pierre tombale sur laquelle se recueillir.

— Oui, acquiesça Fabrissa. Et vous n'arriviez pas à croire que c'était fini.

— Je ne l'ai compris que le 11 novembre 1921, anniversaire de l'armistice, jour où la St. George Chapel de la cathédrale de Chichester fut dédiée à la mémoire de ces hommes du Royal Sussex Regiment qui avaient perdu la vie. Alors le sentiment de son absence s'est abattu sur moi, implacable. Avec ces questions lancinantes, restées sans réponse, sur le lieu où il était tombé, la façon dont il était mort. Oui, son nom était sur une liste, à la vue de tous, mais quel sens cela avait-il ? Il y avait un autre mémorial, une croix blanche à Eastgate Square, ainsi qu'une autre liste sur le nouveau monument aux morts érigé sur la place de notre village. Mais George n'était pas là non plus.

— Mais lui vous comprenait. Et donc vous vous êtes isolé dans un lieu retiré, pour être avec lui.

La gratitude m'envahit. Cette belle inconnue saisissait d'instinct, avec une clairvoyance incroyable, ce que mes proches n'avaient pas su comprendre.

— J'ai tenu le coup pendant six ans. Tout ça pour m'effondrer un beau soir de décembre 1922. On m'a emmené dans une clinique privée, un sanatorium pour les gars malades des nerfs, atteints de neurasthénie ou autre qui avaient survécu aux tranchées. L'équipe médicale était gentille, efficace, reconnus-je en jetant un coup d'œil à Fabrissa. Mais, à dire vrai, je n'avais pas envie d'aller mieux si cela signifiait perdre le peu qui me restait de mon frère.

Voilà. Ce qui est dit est dit, songeai-je en m'affaissant un peu, épuisé par ma confession. Les émotions, les regrets, les questions que j'avais laissés pourrir en moi pendant si longtemps gisaient épars, tels des cadeaux que l'on boude. Un mince sourire me vint aux lèvres. Je me sentais moins accablé. Vidé, certes, mais pour la première fois depuis ce jour de septembre 1916, mon cœur torturé était en paix.

Le silence s'installa entre nous. Un silence où tous les mots, dits et non dits, semblaient résonner. Un silence où le monde entier était présent, et pris en compte.

— Le temps est venu de dire au revoir à votre frère, de le laisser aller. Et pour vous de sortir de l'ombre. Vous le savez, déclara Fabrissa, tandis que, soudain, quelque chose dans la résonance et le timbre de sa voix faisait remonter une autre sorte de souvenir à la surface de mon esprit.

Je rouvris les yeux. Il y avait un lien entre la voix claire de Fabrissa me parlant ici dans l'Ostal, et les murmures que j'avais entendus sur la route de Vicdessos.

— Freddie, souffla-t-elle. Vous le savez. Sinon, vous ne seriez pas là.

Cette voix… C'était la sienne. Comment était-ce possible ? Certes l'air de la montagne vous joue des tours, il vous grise, vous monte à la tête, déforme votre perception des choses, mais j'en étais certain.

— C'était vous, dis-je, incrédule, sachant pourtant que j'avais raison. C'est vous que j'ai entendue.

L'attaque

Elle détourna la tête.

— Fabrissa ? insistai-je. Était-ce vous que j'ai entendue plus tôt dans les montagnes, avant qu'il ne commence à neiger ? M'avez-vous vu ? Fabrissa, répondez, je vous en prie.

Mais elle s'y refusa, et j'allais encore insister quand je pris soudain conscience que l'atmosphère de l'Ostal avait changé. Elle était devenu pesante, et l'air frémissait d'une tension palpable.

Je détachai à regret mon regard de Fabrissa pour embrasser de nouveau ce qui nous entourait et qui était passé à l'arrière-plan durant notre conversation. Les nappes n'étaient plus d'un blanc immaculé, mais couvertes d'assiettes et de plats vides, d'éclaboussures de vin, de quignons de pains, d'os de poulet et de taches de gras.

Le niveau sonore avait baissé d'un coup, tel le grondement sourd de la marée qui se retire du rivage, et les voix formaient à présent un roulis constant, mais assourdi. Chacun, semblait-il, n'osait plus parler qu'en chuchotant. Plus de rires, mais des yeux attentifs, aux aguets. Pour la première fois depuis que je m'étais assis à table, je me sentis mal à l'aise.

Je revins à Fabrissa, mais elle s'était retirée en elle-même et quand je prononçai son nom, elle tressaillit violemment, comme si elle avait oublié ma présence.

— Fabrissa, répétai-je doucement. Que se passe-t-il ?

Elle me jeta alors un regard si empreint de regret et de mélancolie que j'en fus saisi. Oubliant les convenances, d'instinct, je tendis la main vers elle et passai un bras autour de ses épaules. Sous le lourd coton de sa robe, elle était si menue, si fragile que je la sentais à peine. Pourtant, en la tenant, mon cœur s'épancha et s'envola, libre. Alors elle bougea, comme si mon contact lui était douloureux, et je retirai ma main sans qu'elle ait eu besoin de m'en prier.

Ce faisant j'effleurai au passage un morceau de tissu plus rugueux que celui de sa robe. Soulevant délicatement la masse soyeuse de ses cheveux, je vis qu'il y avait une croix en tissu jaune grande comme une main d'homme, cousue au dos de sa robe bleue.

— Qu'est-ce que c'est ? la questionnai-je.

Fabrissa secoua la tête, comme si c'était trop compliqué à expliquer. Je remarquai alors ce qui m'avait échappé jusque-là, à savoir que plusieurs autres invités avaient les mêmes croix en tissu jaune cousues sur leurs tuniques ou au dos de leurs robes.

— Fabrissa, qu'est-ce que ces croix signifient ?

Elle ne répondit pas, mais je perçus sa gêne. L'atmosphère s'alourdissait. Chacun attendait quelque chose, je le sentais. Un frisson me parcourut la nuque. Je tendis la main pour reprendre mon gobelet, oubliant qu'il était vide, et pestai de dépit. Pourtant, cela valait sans doute mieux car j'étais déjà pas mal éméché, et ma vision manquait de netteté.

Alors j'entendis distinctement des sabots de chevaux marteler les pavés dehors dans la rue, accompagnés du cliquetis des harnais. Je fronçai les sourcils. Qui diable pouvait bien venir à cette heure de la nuit et par ce froid ?

— Ne craignez rien, me dit Fabrissa. Ici, rien ni personne ne peut vous faire de mal.

Après son long silence, sa voix me fit tressaillir.

— Comment ça, me faire du mal ? Que voulez-vous dire ?

Mais ses yeux s'étaient à nouveau assombris. Déconcerté, je me tournai vers ma droite. Mon voisin de table était toujours courbé sur les restes de son repas, mais il ne mangeait plus. Et il en allait de même pour tous les autres convives. Sur les visages de ceux auxquels Guillaume Marty m'avait présenté plus tôt je lisais la même peur, la même angoisse. Les sœurs Maury, Sénher et Na Bernard, qui se tenaient les mains, la veuve Azéma, dont les yeux blanchis par la cataracte semblaient fixes. De nouveau je cherchai du regard Mme Galy, sachant que sa présence me rassurerait. En vain.

La salle semblait s'être refroidie, et je ressentis le même sentiment de désolation qu'à mon arrivée à Néans, sauf qu'à présent cette tristesse se teintait de peur.

À l'autre bout, une dispute éclata. Il y eut des éclats de voix, le bruit d'un banc qu'on renverse. Au début, je pris cela pour une querelle d'ivrognes. Il était tard, et le vin avait coulé à flots toute la soirée.

Fabrissa se tourna vers l'entrée, et à l'instant précis où je l'imitais, les lourdes portes s'ouvrirent en grand. Deux hommes s'avancèrent à grandes enjambées dans la salle.

Leurs visages étaient dissimulés sous des heaumes de fer, et à la lueur des candélabres, leurs épées dégainées étincelaient de mille feux.

Un silence complet tomba sur la salle. L'espace d'un instant, je me demandai si cette animation faisait partie des distractions de la soirée. Si c'était là une sorte de prélude un peu grotesque à une reconstitution historique de la fête originelle de la Saint-Étienne, depuis longtemps tombée en désuétude. D'où les costumes, les plats traditionnels, le troubadour et sa vielle.

Alors une femme poussa un hurlement et je sus qu'il n'en était rien. La panique gagna. Mon grossier voisin de table se dressa en me bousculant et comme je me heurtais à Fabrissa, je sentis sa chevelure soyeuse effleurer ma peau, avec son parfum subtil de lavande et de pomme.

— Freddie, murmura-t-elle.

Un petit groupe d'hommes tentait de repousser les agresseurs. Certains avaient dégainé les coutelas de chasse qu'ils portaient à leur ceinture. D'autres prenaient tout ce qui leur tombait sous la main. Morceaux de bois, tisonniers, même la lourde broche qui avait servi à faire cuire la viande.

Les lames fendaient l'air et s'abattaient sans jamais se croiser. C'était un combat inégal, car même si les soldats étaient mieux armés, ils étaient nettement inférieurs en nombre. La foule hurlante se pressait en une masse de bras et de jambes. On cria de barricader la porte. Cette ambiance détestable laissait présager le pire. Il fallait mettre Fabrissa à l'abri, la sortir de là avant qu'elle ne se retrouve coincée.

Malgré ma lassitude et l'heure tardive, je me sentis soudain rempli d'énergie, stimulé par des montées d'adrénaline. Cette fois, je ne me dégonflerais pas.

— Il faut sortir d'ici, suggérai-je en prenant Fabrissa par le bras.

— Vous en êtes sûr ? dit-elle d'un ton grave, comme si ma proposition, qui me semblait relever du simple bon sens, contenait un sens caché.

Je lui pris la main. Une chaleur intense fusa dans mes veines et monta jusque dans ma nuque. Il me sembla que je grandissais. Je me sentais capable de tout.

— Venez. Sortons d'ici !

Réussis-je à dissimuler mon sourire ? Avec le recul, je suis bien sûr que non car enfin, c'était à moi d'entrer en scène. Toute ma vie, j'avais joué les seconds rôles. Je n'avais jamais été l'homme de la situation, le héros invincible. George.

Cette fois, c'était différent. Fabrissa avait mis en moi sa confiance. Elle m'avait choisi. Un cadeau que je ne me serais jamais cru digne de recevoir. Aujourd'hui encore, plus de cinq ans après les événements, et à la lumière de tout ce qui s'ensuivit, l'extase de cet instant reste la même, et elle ne me quittera jamais.

— Y a-t-il une autre issue ? lui demandai-je.

Elle me désigna un coin à l'autre bout de la salle.

Les soldats avaient été repoussés, mais à présent le combat faisait rage entre ceux qui étaient marqués d'une croix jaune et les autres. C'était comme si j'observais la scène d'au-dessus, à distance, tout en étant au cœur des choses. Serrant Fabrissa contre moi,

je me lançai en avant, nageant à contre-courant dans la masse des corps. Puis nous courûmes en nous tenant gauchement par la main.

— C'est par là ? demandai-je en élevant la voix pour qu'elle m'entende.

J'aperçus une petite porte encastrée dans le mur, en partie cachée par une pyramide de chaises en bois et un lourd buffet cerclé de métal.

— Oui, acquiesça-t-elle. Elle mène à un tunnel qui court sous l'Ostal.

Avec une force que je ne me soupçonnais pas, je poussai le buffet de côté et écartai les chaises comme des fétus de paille.

J'aurais dû avoir peur mais, avec le recul, je crois que ce qui m'habitait surtout, c'était ma détermination farouche de mettre Fabrissa en sûreté. Je soulevai le loquet et poussai sur la porte du plat des mains jusqu'à ce que l'ouverture soit assez large pour que nous puissions nous faufiler. Baissant la tête sous le bas linteau, nous nous enfonçâmes dans l'obscurité.

Je serrai encore la main de Fabrissa pour l'empêcher de glisser sur les marches inégales, creusées par l'usure du temps. Des hurlements de femmes, des pleurs d'enfants, des ordres criés par les combattants nous parvenaient de la salle au-dessus, ainsi que des bruits de bois volant en éclats, de fer s'entrechoquant. Puis la porte se referma derrière nous avec un bruit sourd et nous fûmes plongés dans le silence.

Je fus forcé de ralentir mon élan. Je n'arrivais pas à bien appréhender les dimensions du tunnel. Au moins l'air était sec, empreint d'une odeur qui me rappelait celle des catacombes, de ces lieux cachés sous la poussière des ans et tombés dans l'oubli. Je sentis une toile d'araignée se coller sur ma bouche, mes yeux, et j'eus beau cracher et me frotter le visage, la sensation persista. La douce voix de Fabrissa résonna dans le noir.

— Voulez-vous que je vous guide ? J'ai déjà pris ce chemin.

Je lui pressai la main pour lui faire savoir que tout allait bien, et sentant sa main serrer la mienne en retour, je souris.

— Où sort le tunnel ?

— Sur le flanc de la colline à l'ouest du village. Ce n'est pas loin.

La croix jaune

Nous avançâmes en trébuchant dans l'obscurité. Après la descente du début, le tunnel s'aplanit, puis recommença lentement à monter. Je respirais avec peine, et ma blessure me piquait à cause de la sueur qui coulait sur mes tempes et mes joues.

Ne voyant rien, je m'évertuais à garder l'équilibre. Il me semblait parfois que ma tête effleurait le plafond du tunnel, et je pouvais par moments toucher les parois des deux côtés tant il était étroit, mais j'étais complètement désorienté. Fabrissa, en revanche, n'avait pas l'air de souffrir de cet environnement oppressant, elle ne semblait pas fatiguée et sa respiration était régulière.

Après une lente progression dans ce monde souterrain, je sentis que l'atmosphère commençait à changer. Le chemin se fit plus escarpé et un courant d'air frais me caressa le visage.

Le sol se mit à grimper en pente raide et devant nous, la pénombre se teinta de gris. En voyant une porte se profiler au bout du tunnel, encadrée de fins traits de lumière par la lueur de la lune, je poussai un soupir de soulagement.

— Il y a un anneau en cuivre, m'annonça Fabrissa. La porte s'ouvre de l'intérieur.

Je passai les doigts sur la surface du bois en tâtonnant à l'aveugle, trouvai la poignée, et la tirai en la saisissant des deux mains. Elle ne remua pas d'un pouce. Je m'arc-boutai en écartant les pieds pour réessayer. Cette fois, je sentis la porte trembler sur ses gonds, mais elle ne céda pas.

— Se pourrait-il qu'elle soit barrée de l'extérieur ?

— Non, je ne crois pas, répondit Fabrissa. Je pense plutôt que cette issue secrète n'a pas dû servir depuis très très longtemps.

Je n'avais pas le temps de m'étonner de ses propos. Je continuai à tirer en exerçant une pression régulière, puis de vives secousses, jusqu'à ce qu'enfin un craquement sourd se fasse entendre et que le bois éclate autour des gonds.

— Nous y sommes presque, dis-je en passant les doigts dans l'interstice entre la porte et le cadre.

Fabrissa m'aida et ensemble, nous réussîmes enfin à arracher la porte pour nous retrouver soudain dehors, dans la nuit glaciale. Derrière nous, la porte qui pendait de guinguois me rappela l'entrée d'une ancienne mine de cuivre que George et moi avions découverte pendant des vacances pluvieuses en Cornouailles. Évidemment, il avait voulu y pénétrer, mais moi j'avais eu bien trop peur.

Les temps changent, les lieux aussi.

Je me tournai vers Fabrissa, qui restait immobile, à la pâle clarté de la lune.

— On a réussi, fis-je en reprenant mon souffle.

— Oui, acquiesça-t-elle doucement. Oui, on a réussi.

Nous étions en terrain découvert, à mi-hauteur du flanc de colline, à l'est du village. C'était le côté de la vallée opposé à celui par lequel j'avais approché Néans la veille dans l'après-midi. J'étais un peu grisé, comme étourdi par l'air nocturne, notre fuite éperdue, et la présence de Fabrissa.

Alors, la culpabilité me transperça tel un coup de poignard.

— Il faut que j'y retourne. Il risque d'y avoir des blessés. Il faut que j'aille leur porter secours.

— C'est fini maintenant, soupira-t-elle.

— Comment en être sûr ?

— Tout est calme. Écoutez. Regardez, ajouta-t-elle en montrant le village du doigt.

Je suivis la direction qu'elle m'indiquait et repérai la flèche de l'église, le patchwork de maisons et de ruelles qui formaient le village. L'Ostal lui-même, blanc à la lueur de la lune, était juste en dessous de nous. Rien ne bougeait. Il n'y avait personne alentour. Aucune lumière allumée. Juste le silence persistant des montagnes.

— Est-ce que tout ça faisait partie des festivités ? m'enquis-je. Les soldats, les combats ?

Certes j'aurais voulu y croire, pourtant les échanges avaient semblé trop brutaux pour n'être qu'une simple parodie.

— Venez, déclara-t-elle posément sans répondre à ma question. Il nous reste peu de temps.

— Où allons-nous ?

— En un lieu où nous pourrons nous reposer et parler plus à loisir.

Sans rien ajouter et sans me donner d'autre choix que de la suivre, Fabrissa descendit le flanc de la colline. Elle marchait vite, sa longue robe bleue virevoltant autour de ses jambes. J'apercevais la croix jaune par instants, sous la masse mouvante de ses cheveux. Sans réfléchir, je hâtai le pas pour la rattraper et, d'une vive saccade, j'arrachai le morceau d'étoffe de son dos.

— Voilà. C'est mieux ainsi.

— Pourquoi avez-vous fait ça ? me demanda-t-elle en souriant.

— Je ne sais trop. Je trouvais que cette chose déparait votre robe. Vous m'en voulez ?

Je sentis ses yeux gris me scruter, comme pour graver chacun de mes traits dans sa mémoire. Elle secoua la tête.

— Non. C'est courageux de votre part.

— Courageux ?

— Oui, tout à votre honneur.

Perplexe, je m'interrogeais sur les termes qu'elle venait d'employer, mais Fabrissa s'était déjà éloignée. Je fourrai donc la croix jaune dans ma poche et la suivis.

— Que signifient ces croix jaunes ? demandai-je, intrigué. J'ai vu que plusieurs autres invités en portaient aussi.

Elle ne répondit pas et ne ralentit pas le pas. L'air de la nuit semblait remuer sur son passage et à la lueur translucide de la lune, on aurait dit que cette jeune fille était faite d'air ou d'eau, plutôt que de chair et de sang. Je n'insistai pas davantage. Je n'avais pas envie de troubler l'harmonie fragile qui régnait entre nous, et celle-ci m'importait bien plus que de satisfaire ma curiosité.

Le chemin descendait en serpentant à travers les herbes givrées. Jetant un coup d'œil par-dessus mon épaule, je vis que l'entrée du tunnel derrière nous se fondait déjà dans le paysage. Nous approchions du village à présent, mais plutôt que de continuer vers Néans, Fabrissa me conduisit jusqu'à un petit étang, à mi-hauteur de la colline, et me fit signe de m'arrêter. Je m'assis donc sur un tronc d'arbre tombé couvert de mousse, reconnaissant de pouvoir enfin ôter les bottes de cuir souple où mes pieds étaient à l'étroit.

Le ciel virait du noir au bleu encre. Quand je regardai le sentier derrière nous, je vis juste les empreintes argentées de mes pas sur l'herbe, dans la rosée du petit matin. L'aube n'était pas loin.

Étrange, cette rosée en décembre, songeai-je un instant, étonné aussi de ne pas souffrir davantage du froid, car j'avais laissé mon manteau et mon chapeau à l'Ostal. Je me sentais curieusement sans pesanteur, comme si après avoir passé la nuit en compagnie de Fabrissa, j'avais pris un peu de sa légèreté presque impalpable.

Baissant les yeux, j'aperçus mon reflet sur la surface de l'eau, dans l'aube incertaine. À cause de la fatigue accumulée et du manque de sommeil, j'avais les joues creuses, les yeux cernés. Le reflet de

Fabrissa était moins net. Je me tournai, craignant qu'elle se soit esquivée. Mais non, elle était là.

— J'ai eu peur que vous…

— Pas encore, dit-elle, comme lisant mes pensées. Nous ne sommes pas obligés de rentrer. Il nous reste encore un peu de temps, ajouta-t-elle en me souriant. Et j'aimerais vous raconter moi-même quelque chose, si vous avez à cœur de m'écouter.

Mon cœur bondit dans ma poitrine.

— Je vous en prie, c'est un honneur que vous me faites.

Je n'avais pas fumé de toute la nuit et n'y avais même pas songé, à vrai dire, sans doute parce que personne d'autre ne fumait. Mais à présent, l'envie me vint de griller une cigarette tout en l'écoutant, et je tirai de ma poche mon étui ainsi que mes allumettes.

— Ça ne vous dérange pas ? dis-je en sortant une cigarette que je tapotai sur le couvercle en argent.

Fabrissa se pencha vers moi.

— Qu'est-ce que c'est ?

— Des Gauloises, répondis-je. D'habitude je fume des Dunhills, mais il est impossible de s'en procurer par ici.

Je lui en proposai une en lui tendant l'étui. Elle secoua la tête mais, d'un air fasciné, me regarda allumer la cigarette au creux de ma main. Quand une volute de fumée s'éleva dans l'air, ses yeux s'agrandirent et elle avança la main, comme pour l'entortiller autour de son doigt.

— C'est beau…

— Beau ? m'étonnai-je en riant, charmé. Pourquoi pas ? C'est une façon de voir les choses, dis-je en faisant claquer mon étui avant de le ranger dans ma poche avec les allumettes. Vous êtes vraiment surprenante. J'avoue que je n'ai encore jamais rencontré quelqu'un comme vous.

— Mais non, je suis comme tout le monde, protesta-t-elle avec une délicieuse ingénuité, qui me fit sourire.

L'histoire de Fabrissa

Nous restâmes un moment assis en silence, moi fumant ma cigarette, elle fixant des yeux l'horizon sombre, comme pour compter les étoiles. Au fait, y en avait-il cette nuit-là ? Je ne m'en souviens pas.

Puis, je l'entendis retenir son souffle et je compris qu'elle ordonnait son récit dans sa tête comme je l'avais fait avant elle. J'écrasai mon mégot sous la semelle de ma botte et me tournai pour l'écouter. Je voulais tout savoir sur elle, autant qu'elle voudrait bien m'en dire. Y compris les détails les plus infimes, les plus insignifiants. Les plus beaux.

— Je suis née un après-midi de printemps, commença-t-elle. Le monde reprenait vie après un dur hiver. Les neiges avaient fondu et les cours d'eau coulaient à nouveau. Les petites fleurs des montagnes tapissaient les prés de la haute vallée d'éclats bleus, roses, jaunes. Mon père disait que le jour de ma naissance, il avait entendu chanter le premier coucou. Selon lui, c'était un bon présage.

» Nos voisins nous apportèrent une miche de pain blanc sortant du four, qui changeait de l'habituel pain noir, ainsi que d'autres cadeaux : une couverture de laine brune, des fourrures, une tasse en terre cuite, un coffret en bois contenant des épices. Et du sel, le plus précieux de tous, enveloppé dans un morceau de coton teint en bleu.

» C'était le mois de mai. Dans l'air mûrissaient déjà les promesses de l'été à venir. Les bergers et leurs troupeaux étaient revenus de leurs pâtures d'hiver en Espagne et le village était plein de vie et de bruit. Sur la place, les femmes travaillaient de concert en faisant claquer sur les pavés les pédales en bois de leurs métiers à tisser.

Elle s'interrompit et j'attendis patiemment qu'elle reprenne son récit, à son propre rythme et à sa façon, comme elle m'avait permis de le faire. D'ailleurs, j'aurais pu tout aussi bien l'écouter avec délice débiter une liste de commissions, tant sa voix sonnait comme une musique à mon oreille.

— On interpréta ma naissance comme un signe que les choses allaient peut-être aller vers un mieux, reprit-elle. Mes parents étaient aimés et respectés au village. C'étaient des gens loyaux, honorables. Mon père écrivait des lettres pour ceux qui ne savaient ni lire ni écrire. Il expliquait les arguties et les recours des tribunaux à ceux qui en avaient besoin. Chacun remplissait le rôle qui convenait le mieux à son caractère.

J'acquiesçai d'un hochement de tête, pourtant tout ce qu'elle me disait gardait pour moi une grande part de mystère.

— Après des années de violences et de persécutions, nos ennemis semblaient avoir changé de cible et nous goûtions à une paix relative. Il y avait bien sûr les conflits et désaccords que connaissent couramment les communautés qui vivent dans l'ombre de la guerre. Mais c'étaient des incidents isolés, non la volonté d'une répression systématique. Certes nous connaissions tous quelqu'un que les forces de l'ordre avaient emmené mais, pour la plupart, ces gens avaient été libérés sans autre punition que de porter la croix.

Instinctivement, ma main alla à ma poche. Je sortis le bout de tissu et le posai sur mes genoux.

— Ce symbole sert donc à marquer les gens pour les distinguer des autres ? dis-je en contemplant le morceau de tissu déchiré, d'un jaune fané.

J'avais entendu dire que les Allemands infligeaient des vexations similaires à des civils. Le *Times* avait sorti des articles à ce sujet, mais je n'avais jamais rien lu sur cette pratique en particulier.

— Bien sûr, le port de cette croix jaune avait pour but de nous humilier, à l'origine, répondit-elle. Mais tant de gens se sont trouvés obligés de la porter que c'est devenu un signe de bon aloi.

— Une sorte d'insigne honorifique.

— Oui.

Maintenant que j'étais au fait, je me dis que ce bout d'étoffe pouvait être pour elle un symbole de survie. Peut-être y tenait-elle.

— Je regrette, je n'aurais pas dû le prendre, m'excusai-je en le lui tendant.

Mais elle secoua la tête.

J'hésitai un instant, puis le renfonçai dans ma poche. Sans doute y avait-il mieux comme gage d'amour, mais je n'en avais pas d'autre à ma disposition.

— Après cette courte période d'accalmie, les raids reprirent de plus belle, poursuivit Fabrissa. Des villages entiers étaient arrêtés, disait-on, hommes, femmes, enfants. À Montaillou, à moins d'un jour de marche de chez nous, tous les habitants de plus de douze ans avaient été emmenés devant les tribunaux de Pamiers. Les interrogatoires duraient des semaines. Les gens en parlaient sous cape, derrière les portes closes. Pourtant nous espérions encore que notre village soit trop petit pour intéresser quiconque.

Pour la deuxième fois, avec beaucoup d'intervalle, les paroles de mon maître d'école me revinrent à l'esprit.

— Une verte contrée, trempée du sang des fidèles, murmurai-je.

L'effet de mes paroles sur Fabrissa fut immédiat. Ses yeux s'éclairèrent.

— Vous connaissez donc notre histoire ?

— Très peu, j'en ai peur. Je sais seulement que cette région a connu bien des conflits.

— Alors, laissez-moi vous décrire toutes ces années passées dans la crainte qu'on vienne vous arracher en pleine nuit ceux que vous aimez. Sans jamais savoir à qui se fier, ce qui est pire encore. Car certains des nôtres, séduits par des promesses de sécurité et d'argent, nous trahissaient et devenaient espions à la solde de l'ennemi. Si je craignais nos ennemis, je ne les haïs-

WM3149 <N.∞ - 1.3Ft>083 CN
0019 009 N N N N 27 6R05 Z103 5/ 100.0

sais pas. Mais ceux qui s'étaient reniés eux-mêmes pour prendre parti contre nous, il était dur de ne pas les mépriser.

— Je comprends, confirmai-je en me souvenant de ce dialogue que j'avais surpris entre mon père et George, au début de la guerre, lors de son premier congé.

Ils avaient laissé la porte du bureau entrouverte. Dans une atmosphère chargée de fumée et de vapeurs de whisky, mon frère expliquait qu'il n'avait pas de haine envers les simples soldats allemands qui, comme lui, combattaient pour leur pays à la régulière. Mais ceux qui espionnaient pour l'autre camp lui inspiraient du dégoût, ainsi que ceux qui refusaient de se battre, ces objecteurs de conscience qu'on surnommait les Conchies. Tandis que j'écoutais dans le couloir, exclu de ce monde d'hommes, je perçus une telle admiration dans la voix de mon père, qui acquiesçait à tous les propos de George, qu'à ma grande honte j'en fus jaloux.

— J'ignorais que les Allemands avaient sévi dans cette partie de la France, dis-je autant pour moi-même que pour Fabrissa, en m'efforçant de repousser ces tristes souvenirs.

Loos, Arras, Boars' Head Hill, Passchendaele… je savais par cœur la litanie des batailles, devenues célèbres autant pour leurs énormes pertes en vies humaines que pour leurs supposés succès militaires. Mais je ne me rappelais aucun engagement significatif en dessous de la vallée de la Loire.

— J'étais jeune, continua-t-elle sans tenir compte

de ma remarque, mais je savais déjà que la guerre n'est pas tant une question de foi que de cupidité et de pouvoir.

Songeant au mépris de George envers les politiciens qui envoyaient à l'étourdi de braves gars à la mort, j'acquiesçai d'un hochement de tête. La lumière gagnait, redonnant forme au monde. Jetant un coup d'œil à Fabrissa, je fus surpris par sa pâleur. Sa peau prenait un reflet presque bleuté, à la lueur de l'aube.

— Puis un jour, c'est arrivé, dit-elle alors. Les soldats sont venus chez nous.

Exode

— Ne vous sentez pas obligée… d'aller plus loin si c'est trop pénible, lui dis-je, la mort dans l'âme.

J'aurais tant voulu lui épargner la douleur du souvenir. J'avais envie de la prendre dans mes bras pour la rassurer. Mais je devinais qu'après les épreuves qu'elle avait subies rien ne serait jamais comme avant.

Fabrissa fit un petit mouvement de tête, mais ne faiblit pas. Puisqu'elle avait commencé, elle était décidée à aller au fond des choses, et manifestement, elle en avait besoin.

— C'était en décembre, poursuivit-elle. Une belle journée, très froide, avec un soleil vif et des cieux d'un bleu étincelant. Dans l'après-midi, la lumière s'attarda un peu plus que d'habitude sur les montagnes. Les pics enneigés du Sabarthès et du Roc de Sédour brillaient comme de la soie. Tout était peint en or et blanc. Et même si cela allait à l'encontre de nos croyances, je me rappelle avoir pensé combien il était dur de ne pas voir la main de Dieu dans la beauté de cette journée.

Ému par cette simple déclaration de foi, je la regardai et vis s'éteindre dans ses yeux la joie que lui inspirait ce souvenir. Son expression se fit de nouveau grave.

— À la tombée de la nuit, tout le monde s'est rendu à l'Ostal pour la fête.

— La Saint-Étienne ?

— Oui. Des rumeurs couraient selon lesquelles des soldats avaient été vus à Tarascon, mais c'était trop loin pour que nous nous en préoccupions. Par contre, nous soupçonnions nos ennemis de détenir des listes de noms ainsi que des informations sur des biens et d'anciennes allégeances que seuls des gens qui vivaient cachés parmi nous pouvaient leur avoir procurées.

— Ceux qui n'étaient pas forcés de porter la croix jaune ?

— Ce n'était pas aussi simple que ça, dit-elle, puis elle demeura un instant pensive. Ce que nous ne savions pas, en nous rassemblant pour la fête, c'était qu'une troupe de soldats avançait déjà en direction de la vallée. Les rumeurs, cette fois, étaient fondées.

» Mes parents, mon frère et moi avions passé les deux jours précédents avec la famille de ma mère à Junac, de l'autre côté de la vallée. Notre voyage de retour avait duré plus que prévu, et même s'il faisait beau, le froid avait nui à la santé de mon frère.

— Vous avez un frère ? murmurai-je, heureux de découvrir cette similarité entre nous tout en sachant en le disant que c'était idiot. Un frère aîné ?

— Non, il était de trois ans mon cadet, répondit-elle posément.

Soudain glacé, je l'interrogeai du regard, et elle secoua la tête. Je m'en voulais terriblement d'avoir ainsi manqué de tact. Je savais pourtant qu'il ne fallait pas la brusquer, mais au contraire la laisser dévider son récit à son rythme et à sa façon.

— Je regrette, je n'aurais pas dû vous interrompre, m'excusai-je piteusement.

— Nous approchions de chez nous quand un garçon est sorti des bois en courant. Il était terrifié, en état de choc, et balbutiait des propos incompréhensibles. À force de patience, mon père a réussi à le calmer, assez pour qu'il nous apprenne que…

Elle s'interrompit, les yeux agrandis, et j'attendis cette fois sans la presser.

— … qu'il y avait eu des massacres, reprit-elle. Que les villages plus bas avaient été incendiés. Des vieillards, des femmes abattus sur place. Des enfants aussi. Les champs, les prés étaient inondés de sang.

— Mon Dieu ! soufflai-je, saisi d'effroi.

— Évidemment, nous n'avions aucun moyen de savoir si ces informations étaient vraies, continuat-elle. Il y avait eu beaucoup de fausses alertes, les semaines précédentes. Nous ne pouvions être certains de rien.

— Et qu'avez-vous fait ? m'enquis-je en allumant une autre cigarette.

— L'état de mon frère était inquiétant, aussi mon père décida-t-il de l'accompagner ainsi que ma mère à la maison. Il me demanda d'aller en avant et ajouta qu'il me rejoindrait à l'Ostal dès qu'il le pourrait. Avant de nous séparer, il me fit promettre de ne rien divulguer au sujet du garçon. Vrai ou faux, son témoignage répandrait la panique. Il valait mieux attendre que mon père ait consulté les autres anciens du village pour décider ensemble de la ligne à suivre.

» Quand je suis arrivée à l'Ostal, les réjouissances battaient leur plein. C'était si important pour nous, étant donné la vie que nous menions, de nous rassembler au chaud avec assez de nourriture pour rassasier tout le monde... J'avais le cœur serré en pensant aux dangers qui nous menaçaient. Dans quelques heures, tout serait peut-être perdu.

— Oui, ce devait être difficile de vous réjouir avec les autres dans ces conditions.

— Je me suis donc assise à table l'air de rien, contrainte de garder pour moi ce que je savais. Pendant tout ce temps-là, j'ai guetté la porte du coin de l'œil en attendant mon père. Pourtant je ne l'ai pas vu entrer. Aussitôt arrivé, il s'est cloîtré avec Guillaume Marty, Sénher Bernard, Sénher Autier et les autres... Plus tard, reprit-elle après un instant d'hésitation, j'apprendrais que mon père avait questionné plus à fond le garçon et en avait déduit qu'il disait la vérité, sans exagérer. Il a chargé ma mère d'empaqueter tout ce que nous pourrions emporter et a envoyé le garçon prévenir ceux qui étaient restés chez eux. Ils n'étaient pas nombreux. La vieille Na Sanchez, qui était clouée au lit, et M. Galy.

— M. Galy ? m'étonnai-je, tandis que Fabrissa poursuivait sans relever.

— Sur le moment, je ne savais rien de tout ça. Je priais encore pour que ce fût une fausse alerte. Mais le bruit de cavaliers s'arrêtant devant l'Ostal vint confirmer mes craintes. Peu après, deux soldats faisaient irruption dans la salle, sonnant le début du chaos.

» Le ton est vite monté. On a facilement repoussé les soldats et barricadé les portes. Les espions qui se cachaient parmi nous étaient venus armés, s'apprêtant à soutenir les assaillants. Mais eux aussi ont vite été maîtrisés.

» La présence des soldats prouvait à elle seule que le gros des troupes allait arriver. Cette tactique consistant à dépêcher des éclaireurs en avant était courante ; généralement, les soldats procédaient ensuite aux arrestations sans avoir besoin de verser le sang. Mais cette fois, les choses étaient différentes. Les rapports des massacres qui avaient eu lieu plus bas dans la vallée et leur cortège d'horreurs laissaient présager le pire. Mon père et les autres savaient que nous devions fuir le village avant l'arrivée des troupes.

» Tout le monde n'était pas décidé à partir. Raymond et Blanche Maury dirent qu'ils étaient trop vieux et qu'ils préféraient mourir chez eux. Mais la plupart des gens suivirent les instructions et quittèrent l'Ostal par le tunnel souterrain. Quant aux bonshommes, Guillaume Marty et Michel Authier, ils choisirent de résister pour retenir les soldats.

J'étais étourdi par tout ce que j'apprenais, et ce foisonnement de détails tournait confusément dans ma tête.

— Ma mère avait vite réagi, poursuivit Fabrissa. Elle et mon frère, ainsi que les voisins qui avaient décidé de partir, avaient emballé ce qu'ils pouvaient emporter, une miche de pain, des haricots, du vin, des couvertures, et ils nous attendaient à la sortie du tunnel.

» Le voyage fut éprouvant pour mon frère. C'était un enfant maladif, trop faible pour affronter les longs hivers sans dommage. Je voyais à son visage comme il souffrait, même s'il ne se plaignait jamais... Il ne s'est jamais plaint. Pas une fois.

— Comment s'appelait-il ? m'enquis-je doucement.

— Jean. Il s'appelait Jean.

Un moment, nous restâmes silencieux. Les fils suspendus de l'histoire voletaient autour de nous comme des rubans dans le vent.

— Où êtes-vous allés ? Y avait-il un refuge sûr ?

— Il y a des grottes dissimulées dans ces montagnes, expliqua-t-elle en pointant du doigt, par-dessus les toits endormis du village, l'autre côté de la vallée et les bois par lesquels j'étais arrivé à Néans. Des fentes à peine visibles dans les parois rocheuses mènent à ces grottes qui servent de refuges depuis des temps immémoriaux. C'est un vrai labyrinthe de galeries et de cavernes.

Pensant aux panneaux que j'avais vus la veille indiquant les grottes de Niaux et de Lombrives, je me tournai vers le chemin par lequel nous étions descendus, en essayant de deviner comment ces gens avaient fait pour passer de ce côté-ci du village à l'autre sans être vus par les soldats.

— Et ces grottes étaient-elles assez vastes pour tous vous abriter ?

— Ce sont de véritables cités souterraines, avec des salles magnifiques, très hautes de plafond, comme des cathédrales, me décrivit-elle en esquissant un sourire qui s'effaça vite, lorsqu'elle reprit le cours de son récit. Nous avons avancé aussi vite que possible en charrette, jusqu'à ce que le terrain devienne trop escarpé. Alors nous avons dû dételer notre mule, en supposant qu'elle retrouverait son chemin pour rentrer au village. Les autres ont fait de même. Nous espérions aussi que les traces laissées par les sabots et les roues serviraient de fausse piste et que les soldats qui nous pourchassaient se fourvoieraient.

» Nous sommes ensuite revenus sur nos pas à travers bois vers le village, à l'est, en évitant de nous mettre à découvert. Puis nous avons commencé notre ascension vers les grottes.

— Je ne comprends toujours pas comment, étant aussi nombreux, vous avez réussi à échapper aux soldats.

— Nous connaissions le terrain, pas eux, et nous avons eu de la chance. C'était une nuit sans lune. Et puis les troupes étaient plus éloignées que nous ne l'avions craint... Nous avancions lentement dans l'obscurité, sous le couvert ombreux des arbres, sans torches, en observant le silence le plus strict.

» À l'autre bout du village deux sentiers s'enfoncent dans la forêt. L'un très abrupt, surplombé de buis et de bouleaux. L'autre plus long, mais moins raide, et assez large pour que deux personnes y marchent de front.

— Je suis arrivé par là de la route, venant de l'est, en descendant à travers bois jusqu'à Néans.

— Il faisait encore nuit quand nous avons atteint l'embranchement des deux chemins. Mon frère avait beau lutter sans se plaindre, visiblement, il était à bout de forces. Aussi, plutôt que de continuer avec les autres, mon père a décidé que nous nous reposerions un moment, puis que nous tenterions de les rattraper aux premières lueurs du jour. Il avait en mémoire un sentier plus dur, mais plus direct montant vers les grottes, qu'il avait emprunté quand il était enfant. Si ses souvenirs étaient bons, ce chemin escarpé débouchait sur un plateau par où nous pourrions rejoindre les autres.

» Nous avons donc pris congé de nos amis en leur souhaitant bonne route, avec l'espoir de les retrouver le lendemain matin. Puis, enfouis dans les taillis, nous nous sommes blottis les uns contre les autres en nous enveloppant dans des couvertures pour avoir chaud et attendre la fin de la nuit.

» Jean restait silencieux, mais, à son souffle court, j'ai compris qu'il pleurait. Je lui ai donné du vin et l'ai cajolé en le persuadant de manger un peu de pain. Je n'osais pas lui chanter une chanson pour l'endormir, mais je lui ai caressé les cheveux et l'ai serré contre moi, en essayant de tenir au chaud son petit corps frêle et tremblant. Peu à peu, sa respiration s'est calmée, et il a fini par s'endormir. Moi aussi.

Au point du jour

— C'est mon père qui m'a réveillée dans la lueur grise de l'aube en me secouant doucement, reprit Fabrissa après un long silence. Nous entendions les soldats s'interpeller plus bas. L'écho de leurs voix rudes montait jusqu'à notre cache, porté par l'air froid du matin. Ils se doutaient sûrement que nous n'avions pu aller bien loin. Mais nous savions qu'aucun de ceux qui étaient restés en arrière ne trahirait notre destination, même si l'effroi me saisissait en pensant à eux.

— Que sont-ils…, commençai-je en laissant ma question en suspens.

— Nous ne les avons jamais revus, répondit-elle simplement. L'état de Jean empirait. La fraîcheur de la nuit et l'horreur de la situation avaient encore amenuisé ses forces. Mon père le portait sur son dos, et ma mère et moi les suivions. Au début, nous avons redescendu le sentier le plus raide en cherchant la piste cachée dont mon père se souvenait. Les cris des soldats montaient toujours d'en bas, rompant le silence et l'immobilité qui régnait sur la montagne. Tout avait un air désolé.

» Peu de temps après, nous sommes tombés sur une brèche dans les taillis. Mon père a écarté les branches enchevêtrées d'un laurier, pour révéler d'anciennes racines.

Fabrissa sourit au souvenir.

— En vérité, on aurait dit une volée de marches façonnées dans le bois, et c'est ce que j'ai dit à Jean, ce qui l'a fait rire. À partir de cet instant, je me suis efforcée de le distraire, pour entretenir sa bonne humeur, lui donner du courage… Mais il toussait sans arrêt, continua-t-elle, de nouveau grave. Mon père devait souvent le poser à terre et nous attendions tandis que Jean luttait pour réprimer ses quintes de toux et retrouver son souffle.

» Enfin, nous avons atteint un plateau. En fait, ce n'était qu'une saillie rocheuse sur le flanc de la montagne. Visiblement, mon père était soulagé de constater que sa mémoire ne lui avait pas fait défaut. Au-dessus, j'ai distingué dans le rocher une fissure en forme de croissant de lune, cachée sous un escarpement. Du haut du plateau, l'entrée de la grotte n'était pas visible. Un court boyau nous a menés à une salle reliée à son tour à un réseau de cavernes qui s'enfonçait au plus profond de la montagne.

» Alors, à notre grande joie, nous avons entendu des voix et, bientôt, nous avions rejoint nos voisins.

J'avoue qu'à ces mots, un soupir de soulagement s'échappa de mes lèvres.

— Chaque famille occupait un petit espace où elle avait établi son campement, m'expliqua ensuite Fabrissa. Au début l'ambiance était chaleureuse, opti-

miste. Ravis de découvrir ce monde souterrain, les
enfants s'amusaient beaucoup. Quant aux femmes,
elles aidaient ma mère à soigner Jean. Au début, sa
santé s'est améliorée. Chaque jour, il reprenait un peu
de forces.

— Pourquoi ? Êtes-vous donc restés longtemps
dans les grottes ? m'enquis-je.

— Oui.

— Plusieurs semaines ? dis-je, de nouveau gagné
par l'angoisse.

— Bien davantage. Chaque jour, nous espérions
pouvoir rentrer chez nous. Comme c'était l'hiver,
nous supposions que les soldats renonceraient à nous
traquer et nous laisseraient tranquilles jusqu'au printemps. C'était ce qui était advenu par le passé, et nous
nous accrochions à cet espoir. En effet, ils sont partis.
Mais ils sont vite revenus. Ils finissaient toujours par
revenir. Nous n'avons cessé de jouer avec eux au chat
et à la souris.

Fabrissa me regarda, puis revint à la lisière d'arbres
qui bordait l'horizon.

— Nous étions les derniers, comprenez-vous.
Notre village était l'un des rares bastions qui
tenaient encore. Aussi ne pouvaient-ils nous laisser
en paix. Il fallait qu'ils nous détruisent jusqu'au dernier. C'est pourquoi nous avons attendu, attendu.
Quand les neiges sont venues, nous avons cru qu'ils
partiraient. Mais non. Ils ont occupé le village. Notre
village.

» Au fil des semaines, peu à peu, nous avons perdu
courage. Les hommes partaient de nuit chercher de

la nourriture et des provisions, un peu d'huile pour les lampes, des bougies, du petit bois pour faire du feu, mais cela ne suffisait pas. Nous souffrions tous du froid et de la faim.

Elle hésita et moi, pour la première fois depuis qu'elle avait commencé son histoire, je ne pus m'empêcher de prendre ses mains dans les miennes. Ses doigts étaient si glacés que je les sentais à peine. J'avais l'impression de ne pouvoir la saisir, comme si elle était à peine là.

— Jean souffrait beaucoup, reprit-elle. Le froid humide pénétrait ses os, sa poitrine. La nuit, il ne parvenait pas à dormir. Il toussait sans arrêt, s'étouffait en cherchant à reprendre son souffle. Il lui fallait de l'air frais, la lumière du soleil, choses que nous ne pouvions justement lui donner. Chaque jour, je le voyais s'affaiblir et je ne pouvais rien y faire. Quand il est mort, il n'avait que quatorze ans.

La pitié m'étreignit le cœur. Fabrissa avait elle aussi perdu son frère bien-aimé, dans des circonstances bien pires. Certes le fait de ne pas savoir précisément comment George était mort m'avait torturé pendant des années, mais je n'avais pas été le témoin de sa lente agonie. Alors que Fabrissa était restée auprès de Jean, impuissante, et elle l'avait vu glisser lentement, inexorablement vers la fin. Comment vivre avec de tels souvenirs ?

— C'est terrible, dis-je seulement, incapable de trouver aucune parole de consolation ni de réconfort.

Un soleil froid et blanc s'était levé. Les contours noirs des arbres et des montagnes s'éclairaient doucement de vert et de gris. À présent, je distinguais la neige qui chapeautait de blanc le sommet du Roc de Sédour, au loin.

Cette fois, j'attirai Fabrissa et la tins serrée contre moi, même si elle semblait sans consistance entre mes bras, aussi impalpable que la brume.

— Nous n'avons pas pu l'enterrer, murmura-t-elle. La terre dehors était gelée et le sol des grottes en

roc. On l'a étendu à côté des autres morts : la veuve Azéma, les enfants Bulot. Plus tard, il y en eut beaucoup d'autres.

Je retins mon souffle. Mes nuits étaient hantées depuis si longtemps par des images de George mourant dans la boue, le sang, les barbelés, avec dans les narines la puanteur des charniers, au milieu des cadavres de ses hommes, déchiquetés par les mines, troués de balles, empoisonnés par des gaz toxiques. Mais cette vision de Fabrissa piégée dans ce cimetière souterrain auprès de son frère mort atteignait à un paroxysme d'horreur qui me laissait anéanti.

— Environ une semaine après sa mort, au temps de la foire d'hiver d'Espéraza, nous avons vu de la fumée s'élever au-dessus de la lisière des arbres, poursuivit-elle. Nous avons su alors que le village brûlait. Furieux de n'avoir pas réussi à nous capturer après tout ce temps alors qu'ils nous savaient tout près, les soldats avaient incendié le village. Les maisons, l'église, l'Ostal, tout fut détruit.

— Fabrissa, murmurai-je.

— Plus tard, quand est venu le dégel, nous avons cru qu'on nous avait oubliés et nous avons relâché notre vigilance. Deux hommes se sont fait repérer en rentrant de nuit dans les grottes. Les soldats les ont suivis et ont posté une sentinelle. Après avoir découvert l'une des entrées, ils ont vite trouvé les autres… Nous les avons entendus entasser des pierres et étayer le tout avec des poutres à coups de masses. La lumière s'est ternie, puis les ténèbres nous ont engloutis. Ce qui était un refuge est devenu un tombeau. Chaque issue était bloquée. Nous ne pouvions plus sortir.

Fabrissa se glissa d'entre mes bras. La tête me tournait et soudain, la nausée que j'avais réussi à réprimer me submergea.

— Personne n'en a réchappé, dit-elle. Personne.

Je me sentis défaillir. Mes paumes étaient moites de sueur, ma poitrine oppressée. En me voyant courber la tête et m'avachir, Fabrissa s'alarma.

— Freddie ? s'enquit-elle.

Je l'aimai pour l'inquiétude que je perçus dans sa voix.

— Ça va aller.

— Freddie, murmura-t-elle. Il ne faut pas avoir peur.

— Moi ? Je n'ai pas peur…

Alors je relevai brusquement la tête, et une explosion de couleurs dansa devant mes yeux. Sa voix douce et chantante prononçant mon nom… Cette fois, je sus sans l'ombre d'un doute que c'était elle que j'avais entendue dans la tempête.

— Comment ? Comment ? bredouillai-je, en pleine confusion, et tandis que je la regardais, je vis ma propre angoisse se refléter sur son visage.

La fatigue s'abattit sur moi. Je m'étais épuisé à force de parler, et je me rendis compte que j'étais transi jusqu'aux os.

Fabrissa aussi semblait lasse. Elle ne bougeait pas, mais je sentais en elle une impatience, comme si elle s'était attardée trop longtemps. Elle s'éloignait, s'esquivait, doucement mais sûrement, et malgré mon envie de la garder avec moi, je me sentais impuissant à la retenir.

— C'est le matin, dis-je en regardant la petite ville s'éveiller en dessous. Je ferais mieux de vous ramener chez vous.

La sueur me coulait entre les omoplates alors que je tremblais de froid. Quand j'essayai de me lever, je découvris que j'en étais incapable. Je portai une main à mon front. Il était brûlant.

— Quand pourrais-je vous revoir ? balbutiai-je. Peut-être plus tard dans la journée ?

Avais-je parlé à haute voix ou simplement dans ma tête ?

De nouveau, je tentai de me lever, mais mes genoux se dérobèrent sous moi et je m'affalai sur notre banc improvisé, sentant les rugosités de l'écorce me rentrer dans la peau.

— Fabrissa...

Je devais lutter pour ne pas lâcher prise et m'effondrer. J'avais envie de me libérer, de m'évader de la prison de ma mémoire.

— Il faut... que je vous ramène... chez vous, répétai-je en bredouillant une suite de mots qui me parut incompréhensible.

J'essayai de me concentrer sur son visage, sur ses yeux gris, mais son image se dédoublait, elle entrait et sortait de mon champ de vision. Je m'efforçai encore de prononcer son nom, en vain.

— Trouvez-moi, murmura-t-elle. Trouvez-nous. Alors vous pourrez me ramener chez moi.

Était-ce elle qui s'en allait ou moi qui la quittais ?

— Ne partez pas, murmurai-je, le cœur serré. Je vous en prie, Fabrissa !

Mais elle était déjà loin, hors de ma portée.

— Venez me chercher, murmura-t-elle. Trouvez-moi, Freddie.

Puis, plus rien. Seulement cette terrible impression de solitude qui s'abattait à nouveau sur moi.

Sous l'emprise de la fièvre

— Monsieur Watson, s'il vous plaît !

Quelqu'un m'appelait par mon nom en me secouant doucement l'épaule. Mais je n'avais pas envie de me réveiller.

— Fabrissa..., murmurai-je dans mon demi-sommeil.

— Monsieur Watson.

J'étais meurtri, courbaturé dans tout le corps, et les os de mon flanc gauche sur lesquels j'étais couché, côtes, hanche, genou, me faisaient mal. En balayant le sol de la main, je sentis de la poussière et les lattes d'un plancher.

Je tentai de lever la tête, mais tout valsa autour de moi et je m'effondrai à nouveau. Où étais-je donc ? Alors la voix féminine s'adressa encore à moi sur ce même ton ferme et sans réplique qu'adoptaient les infirmières, au sanatorium.

— Monsieur, il faut vous lever.

— Fabrissa ? murmurai-je encore.

Cette fois, la main m'étreignit vigoureusement l'épaule.

Pourquoi voulait-on à tout prix me réveiller ? Je n'avais nul besoin de leurs pilules, seulement qu'on me laisse tranquille. Je grognai en essayant de me retourner.

— Il faut vous lever, monsieur. Ce n'est pas bon pour vous de rester couché par terre.

Rien à faire, cette femme ne renoncerait pas. Je me forçai donc à ouvrir les yeux mais, au lieu de l'uniforme blanc et des chaussures noires que portaient les infirmières, je vis le bas d'un lourd jupon noir et une paire de sabots en bois.

Mme Galy. La pension de Néans… Cela me revenait. Mais que faisais-je couché par terre ? Je m'efforçai de me redresser puis de me lever en ramenant mes jambes sous moi.

— Laissez-moi vous aider, monsieur.

Mme Galy me saisit avec poigne et me guida vers le fauteuil. Je m'y affalai et me penchai en avant, les coudes posés sur les genoux, en attendant que mon vertige passe.

— Elle est là ?

— Qui donc, monsieur ?

— Fabrissa, dis-je en haussant un peu le ton. Est-elle revenue avec moi ? Est-elle ici ?

— Il n'y a personne d'autre ici, répondit-elle, et je décelai de la confusion sous son apparente gentillesse.

Comme de l'encre répandue sur un buvard, la déception m'envahit. Pourtant j'aurais dû m'y attendre. Fabrissa devait être rentrée chez elle et couchée, à présent. Évidemment. Mme Galy me brandit sous le nez un verre rempli d'un liquide blanchâtre.

— Buvez.

Je ne réussis à en boire qu'une ou deux gorgées, puis mes mains se mirent à trembler. Mme Galy les enserra des siennes et m'aida à avaler l'amer breuvage jusqu'à la dernière goutte. Puis elle me reprit doucement le verre.

— Cela vous aidera à dormir, me dit-elle.

Docilement, je hochai la tête sans chercher à en savoir plus. Médicaments, potions, traitements, tout cela avait depuis longtemps perdu tout intérêt pour moi.

— Quelle heure est-il ?

— Dix heures, monsieur.

— Du matin ?

— Oui.

Je regardai la chambre autour de moi. Pas de doute, c'était le matin. Tout baignait dans une clarté d'un blanc cru. Dans l'âtre, le feu s'était consumé en une pyramide de cendres grises. Sur le foyer étaient posés la bouteille et le verre, tous deux vides.

— Nous nous sommes inquiétés en ne vous voyant pas descendre pour le petit déjeuner, monsieur.

— Je ne me rendais pas compte qu'il était si tard.

Péniblement, je m'efforçai de me remémorer les événements de la veille. J'avais pris un bain, puis j'étais revenu dans la chambre pour fumer une cigarette et boire un verre tout en m'apprêtant. Je considérai ma tenue. Je portais toujours la tunique et mes pantalons en tweed, mais des bottes en cuir souple que Mme Galy m'avait prêtées, il n'y avait pas trace. Pourtant je ne me rappelais pas les avoir ôtées. Dubitatif, je secouai la tête, et un kaléidoscope de couleurs explosa derrière mes paupières. J'enserrai mes tempes de mes mains pour tenter de calmer la douleur.

— Voulez-vous que je fasse venir un médecin, monsieur ? s'empressa Mme Galy.

— Non, non. Pas de médecins.

Mon vertige se dissipa et finit par cesser. Pourquoi n'avais-je aucun souvenir d'avoir quitté Fabrissa pour regagner seul la pension ? De toute évidence, j'avais ôté mes bottes puis commencé à me dévêtir, mais ensuite... Avais-je perdu conscience ?

— À quelle heure suis-je rentré, le savez-vous ?

— Rentré, monsieur ?

— Oui, rentré de l'Ostal... Quelqu'un a dû m'entendre.

Mme Galy garda un silence prudent, et je vis bien qu'elle était la proie d'un petit débat intérieur, comme si elle voulait me dire quelque chose, mais n'osait pas.

Que savait-elle au juste sur ce qui s'était passé ? J'avais de la fièvre, je le sentais, mais ne m'en souciais guère. Ce qui comptait en cet instant et en ces lieux, c'était de savoir pourquoi Fabrissa n'était pas avec moi.

Pourquoi m'avait-elle laissé ?

Je me renfonçai dans le fauteuil. Et moi, de quoi me souvenais-je ? Tout ce qui concernait le début de la soirée était clair dans mon esprit. J'avais traversé la place de l'Église, descendu la ruelle. Je me souvenais des pavés scintillants de givre et du scintillement des étoiles qui semblait y répondre. Du plan que je tenais entre mes doigts glacés, sans réussir à me repérer d'après lui. En me fiant à mon instinct, j'avais fini par trouver l'Ostal. Je me rappelais Guillaume Marty m'accueillant, puis me présentant aux autres invités. La chaleur du feu, la voix mélodieuse et cadencée du troubadour, le brouhaha des conversations…

Et Fabrissa.

Je retins mon souffle. Fabrissa, qui me parlait encore et encore, de sa voix chantante. Mon âme mise à nu, ma gêne, mais aussi l'impression d'être soulagé d'un grand poids. Puis l'irruption des soldats qui était venue troubler cette ambiance chaleureuse, et comment la fête avait dégénéré en bagarre généralisée. Oui, tout cela me revenait. Alors nous étions partis, Fabrissa et moi, et elle m'avait assuré que tout irait bien. Le tunnel, la poussière, les toiles d'araignée, puis nos mains s'immisçant dans la fente de la porte et nous, tirant de toutes nos forces pour l'ouvrir. Nous avions émergé en clignant des yeux sur le flanc de la colline, à l'ouest du village, dans les dernières heures de la nuit. Puis, à la pointe du jour, nous nous étions assis à côté de l'étang. Et, à son tour, Fabrissa m'avait confié son histoire. Une histoire douloureuse, peuplée de terribles souvenirs.

Brusquement, je me levai du fauteuil, traversai la chambre à pas vifs et ouvris en grand la fenêtre, dont le châssis alla cogner contre le mur. Alors je me penchai au-dehors autant que je l'osais. Il fallait que je voie l'endroit sur la colline où nous nous étions assis. Pour me prouver à moi-même qu'il existait bel et bien. L'air froid entra dans la pièce et me saisit sans que j'y prenne garde.

— Monsieur, de grâce, rentrez ! insista Mme Galy
en posant la main sur mon bras. Vous allez attraper
la mort.

— Là-haut, dis-je en faisant un geste en direction
du soleil. C'est là que nous étions.

Je vis l'inquiétude se peindre sur son visage et
je m'apprêtais à la rassurer quand je pris soudain
conscience de la qualité de la lumière qui filtrait
dans la chambre. La place de l'Église était couverte
d'une fine couche de neige.

— Quand a-t-il commencé à neiger ?

— Vers trois ou quatre heures du matin, monsieur.

Je me tournai pour lui faire face.

— Vous devez vous tromper. Il ne neigeait pas
quand je suis rentré et il était...

Je m'interrompis car en vérité, je n'arrivais pas à
m'en rappeler.

— Je ne saurais dire l'heure précise, admis-je. En
tout cas, il faisait déjà jour.

Et puis il ne faisait pas assez froid pour qu'il
neige, me dis-je, sentant pourtant ma confiance
s'émousser. Baissant les yeux sur mes bras nus, je
vis que j'avais la chair de poule, et que les jointures
de mes mains étreignant l'appui de fenêtre étaient
bleues.

— C'était sûrement plus tard, insistai-je en dési-
gnant la neige virginale qui s'étalait sous la fenêtre.
Regardez, il n'y a aucune trace. Il a dû commencer
à neiger peu après mon retour.

— Vous devriez vous reposer, monsieur, suggéra
gentiment Mme Galy.

Manifestement, elle ne me croyait pas. Découragé, je reculai en m'éloignant de la fenêtre et la laissai la refermer. Les charnières grincèrent et un peu de neige tomba du rebord par terre, sous l'appui. Mme Galy ferma aussi les persiennes, nous isolant du monde, et coinça le penne avec un bruit de ferraille.

— Vous avez sûrement dû m'entendre revenir, insistai-je, et je l'entendis soupirer.

— La question n'est pas de savoir à quelle heure il a commencé à neiger, objecta-t-elle.

— Que voulez-vous dire ?

— Êtes-vous bien certain d'être sorti, monsieur ? avança-t-elle prudemment. Je ne vous ai point vu à l'Ostal hier au soir. Ni moi ni aucun des autres invités. J'ai même craint que vous vous soyez perdu.

— Mais… c'est ridicule, voyons.

— Sur le moment, j'en ai déduit que vous aviez préféré rester au chaud. Ce n'est qu'en ne vous voyant pas descendre ce matin que j'ai commencé à m'inquiéter pour vous.

Je me rendis compte que je ne tenais plus debout. Espérant donner le change, je m'appuyai contre le mur. Le vieux papier peint décoré de fleurs des champs roses et bleues était fané par endroits, là où le soleil l'avait décoloré.

— Monsieur, s'il vous plaît, répéta-t-elle en me touchant à nouveau le bras. Vous devriez vous asseoir.

— Je me rappelle très bien avoir enfilé cette tunique, ainsi que les bottes, dis-je avec aplomb en croisant les bras. J'ai même laissé un mot en bas, sur le bureau de la réception, puis je suis sorti. Il était pile dix heures du soir… Avez-vous trouvé mon mot ?

— En effet, admit-elle avec prudence. Mais j'ai supposé que vous l'aviez laissé là, puis que vous étiez remonté à votre chambre. M. Galy ne vous a pas entendu sortir.

Que dire ? Manifestement, elle doutait de plus en plus de ma santé mentale. Peut-être pensait-elle que j'étais encore ivre, ou que je subissais le contrecoup de mon accident de la veille. Ses yeux fuirent les miens un bref instant, puis revinrent aussitôt, comme si elle voulait me cacher quelque chose. Je ne suis pas dupe, ironisa dans ma tête la voix persiflante que j'avais entendue si souvent pendant mes séjours en sanatorium, cette voix qui me montait contre les médecins et les infirmières, et que j'avais cru avoir chassée depuis longtemps.

Mes bottes d'emprunt gisaient par terre, sous la table. Les avais-je ôtées quand j'étais revenu dans la chambre ? Je vis qu'elles étaient impeccables. Rien n'indiquait qu'elles avaient été portées au dehors. Aucune auréole d'humidité confirmant que j'avais marché dans le givre ou la rosée n'en tachait les pointes. Je tâtai les revers de mes pantalons. Eux aussi étaient secs.

— Écoutez, je me rappelle très nettement avoir marché jusqu'à l'Ostal, assurai-je en mesurant mes paroles, tel un ivrogne qui hésite à chaque pas. J'ai suivi votre plan à la lettre. Traversé la place, pris la ruelle à gauche de l'église…

— À gauche ? Il fallait prendre à droite.

— Le résultat est le même, continuai-je. J'ai bien hésité un peu aux croisements. Comme vous m'en aviez prévenu, ce quartier derrière l'église est un vrai labyrinthe. Mais je me suis repéré assez vite…

— Des croisements, monsieur ?

— … et j'ai trouvé l'Ostal sans aucun mal. Quel peuple il y avait là-dedans ! Comme vous l'aviez annoncé, tout le monde était costumé pour la fête, aussi il est très possible que vous m'ayez tout bonnement manqué dans la foule… Ne croyez-vous pas ?

En voyant son air, je commençai à m'alarmer. À sa compassion se mêlait une visible inquiétude. J'avais déjà vu la même expression sur le visage de l'infirmière-chef du sanatorium, le soir de mon admission. Comme si nous évoluions dans deux mondes différents n'obéissant pas à la même logique et ne pouvant se rencontrer. Ce gouffre infranchissable semblait séparer aussi la pensée de Mme Galy de la mienne. Néanmoins je continuai sur ma lancée :

— Je suis soulagé de voir que vous n'avez pas été blessée dans l'affrontement, madame Galy. Je me suis fait du souci pour vous.

— Blessée, monsieur ?

— Fabrissa m'avait dit de ne pas m'inquiéter. C'est sans doute l'une des traditions en vigueur le jour de la fête, mais je l'avoue, je m'y suis laissé prendre. Cela faisait si vrai. Bien sûr, c'était beaucoup plus tard. Peut-être étiez-vous déjà rentrée à la pension.

Je savais que je parlais trop vite, trop fort, mais je ne pouvais m'en empêcher.

— Un dénommé Guillaume Marty, un type bien sympathique, m'a pris par la main et m'a présenté à… deux sœurs, hésitai-je, incapable de me rappeler leurs noms, ainsi qu'à une veuve, Mme Azéma…

Mme Galy restait silencieuse. Elle avait renoncé à me faire entendre raison. Mon assurance se fissura un peu plus encore.

— … et à un couple du nom d'Authier, oui, ainsi qu'à beaucoup d'autres de vos voisins, poursuivis-je. Mais j'ai passé presque toute la soirée en compagnie d'une charmante jeune fille… Fabrissa, ajoutai-je, bien plus timidement. Vous la connaissez ?

Croisant le regard de Mme Galy, j'y lus de la pitié. Un vif souvenir me revint en mémoire. L'expression de ma mère ce jour-là, dans le restaurant de Piccadilly. Elle était bien différente de la sienne. Au lieu de pitié, elle n'éprouvait que du dégoût. Je clignai des yeux, furieux que de tels souvenirs puissent encore surgir et m'atteindre à ce point.

— Une jeune fille d'une beauté saisissante, m'entêtai-je, le teint pâle, avec de longs cheveux noirs et des yeux d'un gris étonnant. Vous devez la connaître.

— Mais non, je ne connais personne de ce nom, répondit Mme Galy, visiblement mal à l'aise.

— Bon. Alors, elle est sans doute venue invitée par quelqu'un, remarquai-je, mais avant même de finir ma phrase, je savais que c'était peu probable.

Si Fabrissa était venue accompagnée, se serait-elle entretenue toute la nuit avec moi, pour à la fin quitter la salle à mon bras ? Pourquoi pas, après tout. Peut-être était-ce le signe que je lui plaisais ? Je me rappelai alors un détail, qui pourrait prouver ma bonne foi.

— Mon manteau. Je l'ai laissé dans le hall de l'Ostal, affirmai-je. Quand la bagarre a commencé, dans la précipitation, je l'ai oublié. Il doit toujours y être.

Mais Mme Galy ne se troubla pas.

— Votre manteau est toujours suspendu à côté de la porte d'entrée, là où je l'ai mis moi-même à sécher hier au soir.

— Eh bien, quelqu'un a dû le rapporter pour moi, répliquai-je, mais aucune certitude ne m'habitait plus.

Tout ce que disait Mme Galy allait à l'encontre du souvenir que j'avais de la soirée. Soudain je frissonnai des pieds à la tête et repliai mes bras sur moi.

— Vous devriez vous allonger, monsieur, me conseilla gentiment Mme Galy, et elle m'obligea doucement à me lever du fauteuil pour m'accompagner jusqu'au lit.

— Fabrissa... Quelqu'un la connaît sûrement, insistai-je en me laissant faire.

Elle se détourna pendant que j'ôtais mes pantalons, puis elle souleva l'édredon orange foncé en satin surpiqué. Je me glissai dans le lit et dans le rôle du patient avec la même docilité. Elle me remonta l'édredon jusqu'au menton et l'aplatit. Où était Fabrissa ? Des bribes de notre conversation me revinrent, touchant à l'affreuse tragédie qui avait frappé sa famille.

— L'ennemi a-t-il beaucoup sévi par ici durant la guerre ? demandai-je.

Si Mme Galy fut surprise par ce brusque changement de sujet, elle n'en laissa rien paraître. En fait,
je me rends compte aujourd'hui qu'elle ne voulait surtout pas me contrarier, observant ainsi sans le savoir
la règle numéro 1 en vigueur chez le personnel hos-
pitalier. Ne rien faire qui puisse provoquer ni agiter
le patient.

— Les Allemands tenaient un camp de prisonniers,
répondit-elle, mais ce n'est pas tout près d'ici.

— Je pensais plutôt à des unités allemandes opé-
rant dans la zone de façon non officielle.

Ses mains diligentes voletaient sans cesse autour
de moi tandis qu'elle se penchait pour ajuster le
couvre-lit, me border. Mais l'espace d'un instant,
elle suspendit son geste, et je surpris dans ses yeux
une douleur fulgurante, qu'elle s'empressa de mas-
quer.

— Nous avons perdu beaucoup de nos jeunes gens
dans le Nord. M. Galy et moi...

Elle s'interrompit et, à ma grande honte, au lieu
de l'aider à se confier en insistant doucement, je
continuai égoïstement à l'interroger. Ce ne fut que
plus tard que j'appris ce qui lui était arrivé, à elle et
sa famille.

— Pas de milices ?

— Non, monsieur. Il n'y a pas eu de combats par ici.

Je me radossai au traversin. Le récit détaillé que
Fabrissa m'avait fait du raid sur le village, de leur
fuite éperdue dans les montagnes, de la mort de son
jeune frère... Tout cela sonnait vrai. C'était l'écho
d'expériences vécues, bien réelles.

— Alors Néans n'a jamais subi d'attaque ? Aucun raid, pas d'évacuation, rien ?

— Non.

Avais-je mal compris ? C'était possible, et même probable. Aurais-je donc confondu l'histoire de Fabrissa avec la mienne ? Pris de doute, je fermai les yeux. Étais-je capable de distinguer la vérité du mensonge, comme Fabrissa me l'avait demandé la veille au soir ? Sur l'instant, j'avais répondu oui sans hésiter. À présent, je n'en étais plus certain, et doutais même qu'on m'ait jamais posé cette question.

— Il règne sur cette contrée une telle tristesse, m'entendis-je dire. Quand je suis arrivé, j'ai senti comme une ombre planant sur le village.

Mme Galy cessa de s'affairer.

— C'était différent à l'Ostal hier soir, continuai-je. Là... du moins jusqu'à ce que les troubles commencent, l'humeur était à la fête.

Comme si on avait appuyé sur un bouton, elle recommença à s'activer sans rien dire. Remettant le fauteuil en place, suspendant mes pantalons sur le séchoir.

— Avez-vous besoin d'autre chose, monsieur ?

Je ne voyais rien de spécial, mais j'avais envie qu'elle reste. Sa présence était réconfortante.

— Je suis confus de vous causer tant d'embarras...

— Je vous en prie, monsieur. C'est bien volontiers, remarqua-t-elle en posant sur le plateau la bouteille de liqueur et le verre vides. Je viendrai vérifier si vous allez mieux dans une heure ou deux, dit-elle. À présent, vous devriez dormir.

J'étais si las… Peut-être la potion soporifique commençait-elle à faire effet.

— Quand vous aurez repris des forces, Michel Breillac, qui s'y connaît en mécanique, sera à votre disposition.

— Merci, marmonnai-je, mais elle était déjà partie, laissant la porte entrouverte.

J'écoutai ses sabots claquer en descendant le long couloir, puis l'escalier. Étrangement, je trouvai ce son apaisant et m'allongeai en calant ma tête contre les oreillers.

Mis à part l'amour que je portais à George, j'avais toujours associé ce sentiment à une sorte de soumission, une perte de contrôle qui vous faisait renoncer à vous-même sous l'emprise d'une émotion puissante. Et je découvrais maintenant que c'était la chose la plus naturelle du monde, autant que de respirer, ou d'offrir son visage à la caresse du soleil un jour d'été.

Fabrissa… Ce prénom résonnait dans ma tête comme une comptine pour enfant répétée à l'infini, presque hypnoptique.

— Où es-tu ?

Je me rendis compte que j'avais parlé à haute voix. Qu'importe, il n'y avait personne pour m'entendre.

— Je te trouverai, murmurai-je en glissant dans le sommeil, son nom toujours sur mes lèvres.

Aux bons soins de Mme Galy

Je dormis toute la journée jusque tard dans la soirée. Ou plutôt, je dérivai entre deux zones indistinctes, à la périphérie du sommeil. J'avais conscience de vagues silhouettes aux visages flous allant et venant dans ma chambre, je perçus même les bruits que fit la servante en rassemblant du petit bois, puis en grattant une allumette pour ranimer le feu.

Deux fois seulement j'émergeai de cette hébétude. La première, quand Mme Galy posa un bol de soupe et du pain sur la table de chevet, puis attendit patiemment que j'aie tout mangé. La seconde, quand elle revint pour m'administrer une nouvelle dose de l'amer breuvage blanchâtre. Qu'était-ce au juste ? Une potion soporifique, un genre de remède traditionnel ? Je ne l'ai jamais su et ne m'en suis jamais soucié.

— Quelle heure est-il ?

— Tard, répondit-elle en posant une main fraîche sur mon front.

Pourquoi se préoccupait-elle autant d'un étranger ? Cela non plus, je ne songeai pas à le lui demander.

En tant qu'hôtesse, elle devait se sentir quelque peu responsable de moi, bien sûr. Mais cela n'expliquait pas un tel dévouement.

Pourtant les soins maternels de Mme Galy ne suffirent pas à stopper la fièvre. À un moment de la soirée, ma température se mit à grimper en flèche. De toutes les fibres de mon être, je m'efforçai de la combattre, mais mes défenses naturelles étaient trop faibles. Impuissant, je n'avais plus qu'à espérer que la fièvre tombe d'elle-même.

Brûlant, tour à tour grelottant et moite de sueur, tourmenté par des images chimériques, je me tournais et me retournais dans le lit telle une épave ballottée par des eaux déchaînées. Anges, gargouilles, fantômes, amis depuis longtemps délaissés valsaient dans ma tête sur un air de manège, une sonate de Beethoven, un ragtime effréné.

Comme Mme Galy me l'apprit plus tard, pendant des heures ma température ne fit que grimper tandis que je sombrais dans des visions allant du sublime à l'horreur. Une main décharnée sortant de la terre fraîchement retournée, des fleurs fanant sur l'arbre, à peine écloses. Mes parents me tournant implacablement le dos, sourds à mon besoin d'amour. George me souriant dans le verger près du ruisseau, puis s'esquivant alors que je l'appelais, pour disparaître hors de ma vue. Fils barbelés, boue, sang, gaz au chlore... un monde de douleur, insoutenable.

La fièvre tomba à trois heures du matin. Je la sentis battre en retraite comme un animal sournois forcé de renoncer à sa proie. Ma température chuta.

Je cessai de trembler et de transpirer à grosses gouttes. Pour la première fois depuis des heures, je me retrouvai entouré des éléments anodins et rassurants du monde de tous les jours. Un fauteuil, une table, mon pantalon plié sur le séchoir, les derniers éclats d'un feu mourant dans l'âtre et Mme Galy, ronflant tranquillement sur une chaise à mon chevet. Des mèches de cheveux gris s'étaient échappées de ses tresses sévères et j'eus un aperçu de la jolie jeune fille qu'elle avait dû être autrefois. Dans mon souvenir, jamais ma mère ne m'avait prodigué une telle sollicitude. Sans la réveiller, j'avançai la main et la posai sur les siennes.

— Merci, murmurai-je.

Alors une sorte de paix descendit sur moi. Dans la maison silencieuse et endormie, j'entendis vibrer puis sonner la vieille horloge dans le hall en dessous. Allongé tel un gisant du Moyen Âge, les bras posés à plat sur le couvre-lit, je me tournai vers la fenêtre. Et Fabrissa, contemplait-elle la même nuit ? Était-elle venue prendre de mes nouvelles ? J'avais déposé à ses pieds le peu que j'avais à donner, les quelques lambeaux qui me restaient de moi-même. Pourtant j'espérais qu'elle pourrait m'aimer. Cela l'avait-il effrayée ? Allongée dans le noir, songeait-elle à moi comme je songeais à elle ?

Un ruban de clair de lune s'infiltra entre les persiennes et dessina une ligne sur le plancher. Au fil des heures, je regardai les rayons de lune danser et se déplacer doucement tandis que le monde continuait sa ronde. Je m'imaginais lui parlant quand je l'aurais retrouvée... De la beauté des choses simples. Tel l'envol d'un oiseau, les fleurs de lin bleues en été, une petite église décorée de gerbes de blé au temps de la moisson, les notes de musique parcourant une gamme chromatique. Et l'amour, redevenu possible.

Plus tard, je m'endormis. Cette fois, ce fut d'un sommeil sans rêves.

Quand je me réveillai, c'était le matin. Mme Galy n'était plus là. La chaise était rangée contre le mur comme si elle n'avait jamais été déplacée. Physiquement, j'étais vanné, mais je me sentais plutôt bien. Mieux que depuis un bon moment, en fait. Et j'avais une faim de loup.

Quelle heure pouvait-il bien être ? Juste au moment où je me décidai à me lever pour faire ma toilette et m'habiller, on frappa doucement à la porte.

— Entrez !

Mme Galy pénétra dans la chambre avec ma chemise lavée et repassée sur son bras, portant le plateau du petit déjeuner.

— C'est gentil, dis-je en souriant et en aplatissant les couvertures. J'ai un appétit d'ogre, ce matin.

Elle fit mine de s'activer dans la pièce tout en vérifiant du coin de l'œil que je faisais honneur à son petit déjeuner, et cela me toucha. Pain grillé, jambon cru, œuf dur coupé en deux. Quand je voulus lui témoigner ma gratitude pour m'avoir veillé toute la nuit, elle balaya d'un geste mes remerciements. Mais je vis bien au rose qui lui monta aux joues qu'elle y était sensible.

— Le coursier a remis votre lettre à vos amis hier après-midi, monsieur. Il pourra retourner à Ax dès demain, quand vous saurez où en est votre automobile.

— Merci, dis-je encore en m'essuyant les mains sur la serviette. Vous m'avez parlé de quelqu'un qui pourrait m'aider, je crois ?

— Oui. Michel Breillac et ses fils seront ici à dix heures.

— Et quelle heure est-il ?

— Il est presque neuf heures.

— Parfait. Cela me laisse tout le temps de me préparer.

L'inquiétude transparut soudain sur le bon visage de Mme Galy quand elle comprit que j'avais l'intention de les accompagner.

— À mon avis, ce ne serait pas raisonnable, monsieur, après la nuit que vous avez passée. Il fait à peine au-dessus de zéro. Il vaut mieux donner à M. Breillac vos instructions et vous en remettre à lui. C'est un très bon mécanicien.

Il peut sembler incongru que j'aie pu envisager une telle expédition après une nuit pareille. Mais c'était comme si la fièvre m'avait en quelque sorte purgé le sang. J'étais revigoré, plus intègre de corps et d'esprit que je ne l'avais été depuis bien longtemps.

— Je me sens en pleine forme, dis-je avec un sourire, mais elle secoua la tête.

— Il vaudrait mieux vous reposer encore un jour. Ne rien faire qui puisse vous fatiguer outre mesure.

— Ça ira très bien, assurai-je.

Ma première priorité n'était pas de superviser la récupération de ma pauvre petite berline égarée dans les collines, vous vous en doutez. Mais Mme Galy ne connaissant pas de Fabrissa, il fallait que je me renseigne par ailleurs. Et ce n'était pas en prenant racine à la pension que j'y parviendrais.

— Très bien, monsieur, concéda-t-elle, mais je vis bien qu'elle me prenait pour un écervelé. À tout à l'heure.

Après son départ, je rejetai les couvertures et me levai. Sous mes pieds nus, le plancher était froid, mais stable. Je m'aspergeai le visage d'eau fraîche et fis de mon mieux pour discipliner mes cheveux. Passant la main sur mon menton râpeux, je regrettai de ne pas avoir de rasoir, mais je n'avais pas envie de déranger une fois de plus Mme Galy, d'autant qu'elle chercherait encore à me dissuader d'accompagner les Breillac.

Je finis de m'habiller et enfilai mes vieilles Fitwells. Le cuir s'était un peu contracté à la chaleur du feu, mais elles étaient assez confortables. Fouillant dans la poche de mon pantalon, j'en sortis mon étui à cigarettes et mes allumettes, puis j'ouvris en grand les fenêtres pour contempler la place de l'Église enneigée.

Soudain, songeant à la croix en tissu jaune, je replongeai la main dans ma poche. Rien. Intrigué, je posai ma cigarette en équilibre sur le rebord de la fenêtre pour vérifier l'autre poche. Mais à part un peu de peluche et une allumette usée, elle était vide elle aussi. Pourtant j'aurais juré que j'avais fourré la croix jaune dans ma poche après que Fabrissa eut refusé de la reprendre.

L'avais-je perdue sur le chemin du retour ? Comme je n'avais aucun souvenir de la façon dont j'étais rentré à la pension puis monté jusqu'à ma chambre, c'était probable. Pourtant j'étais déçu.

Ça ne fait rien, me dis-je en fermant la fenêtre.

J'étais certain de la retrouver, comprenez-vous.

Les frères Breillac

La pendule sonnait le dernier coup de dix heures quand je descendis à la réception.

M. Breillac et ses deux fils étaient déjà là et l'on procéda vite aux présentations. Guillaume et Pierre Breillac étaient des jumeaux de dix-huit ou dix neuf ans. Ils portaient des toques en fourrure attachées sous le menton qui leur cachaient presque entièrement le visage. Pourtant, d'après le peu que j'en voyais, ils se ressemblaient trait pour trait, et j'aurais eu du mal à les distinguer si Guillaume n'avait assez bien parlé anglais alors que son frère Pierre n'en connaissait pas un traître mot. M. Breillac ne dit rien, il se contenta de hocher la tête en signe de bienvenue, et je décelai dans ses yeux la tristesse que j'avais déjà perçue chez M. Galy et même chez mon hôtesse, quand elle ne se savait pas surveillée.

Mme Galy maintenait énergiquement que je devais me reposer, mais quand elle vit que je ne me laisserais pas fléchir, elle alla me chercher une toque en fourrure, un cache-nez, ainsi qu'une paire de gants fourrés.

— Vous remercierez M. Galy pour ce prêt, dis-je. Ils me vont parfaitement.

— Ils ne sont pas à mon mari, répondit-elle posément.

Je vis bien les fils Breillac échanger un regard avec leur père, mais comme personne ne fit de commentaire, j'enfilai les gants sans y réfléchir davantage.

Guillaume nous servait d'interprète, car même si mon français était passable, il ne s'étendait pas aux termes techniques tels que tube d'arbre de transmission ou marchepied. En mêlant le langage par gestes et ses traductions approximatives, nous parvînmes à préciser l'endroit où se trouvait la voiture et les dommages subis, du moins selon mon estimation.

Il était plus de dix heures quand nous nous mîmes en route sous un ciel sans nuages où brillait un blanc soleil d'hiver, encore bas. Il faisait clair, mais froid. Comme nous traversions la place de l'Église, mon cœur s'émut devant tant de beauté. Pourtant le monde n'avait pas changé, je le voyais simplement d'un œil neuf.

Posant la main sur le bras de Guillaume, M. Breillac parla rapidement en patois. J'attendis que son fils traduise ses propos. Il suggérait que nous montions à travers bois plutôt que de nous déplacer en charreton.

— C'est une carriole tirée par un âne, m'expliqua Guillaume en réponse à mon regard interrogateur.

D'après son père, la route serait verglacée, dangereuse, et nous ne pourrions progresser que lentement. Tandis que les sentiers forestiers protégés par les arbres seraient moins traîtres. Si je me sentais la force de faire cette ascension, évidemment.

Après la nuit épouvantable que j'avais passée, on peut s'étonner de ma présomption, voire de ma stupidité. D'ailleurs, avec le recul, je m'en étonne moi-même aujourd'hui. Mais oui, je m'en sentais capable. La fièvre qui m'avait saisi tout entier m'avait laissé dans son sillage une sorte d'énergie nerveuse et une résolution dont j'avais manqué ces dernières années.

Je me rendis allégrement à la proposition de Breillac. En fait, j'étais ravi. Près de l'étang, Fabrissa m'avait invité à partir à sa recherche. Et c'était dans ces montagnes que j'avais entendu sa voix pour la première fois.

Il n'avait pas reneigé pendant la nuit aussi, malgré le sol durci par le gel, nous pouvions progresser à bonne allure. Bientôt nous arrivâmes au pont que j'avais traversé deux jours plus tôt. En le passant avec mes compagnons, je songeai à l'histoire des trois boucs bourrus, un conte populaire norvégien. En dessous, l'eau gelée brillait comme un miroir dans le matin de décembre. Des roseaux et des joncs piquaient à travers la glace comme un rang de soldats de plomb figés par surprise à la minute même où l'hiver avait commencé.

Nous marchâmes à travers des champs aux sillons bruns incrustés de neige pour arriver à la lisière des bois, où les arbres étincelaient de givre.

Je désignai le sentier par lequel j'étais descendu et, en file indienne, nous commençâmes notre ascension. Il était raide, pourtant il me parut moins pénible que précédemment. J'étais en agréable compagnie, et ce soleil vif, ce ciel sans vent me mettaient de bonne humeur. Malgré le froid mordant, j'avais relevé les oreillettes de ma toque pour mieux entendre la voix de Fabrissa si elle se manifestait, mais aujourd'hui il n'y avait, semblait-il, aucune présence guettant dans les collines ni silhouette entrevue dans la brume.

Une pudeur me retenait de demander aux Breillac s'ils la connaissaient. Sans doute craignais-je au fond de moi de voir mes espoirs déçus.

Je me souviens d'un merle perché en haut d'un arbre, dont le chant flûté était pour moi si associé à l'Angleterre que je le trouvais presque incongru dans cette forêt française. Soudain je nous vis Fabrissa et moi, marchant main dans la main sur les Downs du Sussex. C'était absurde, mais je me complaisais à bâtir des châteaux sur du sable, à rêver des jours bénis que nous passerions tous les deux. Ces couchers de soleil contemplés ensemble. Ces nuits passées dans les bras l'un de l'autre. Je revoyais avec délice le regard subtil de ses yeux gris, le modelé de son menton, la masse soyeuse de ses cheveux tombant sur ses épaules, et mon cœur mourait d'envie de la retrouver. Je ne pus y résister plus longtemps.

— Guillaume, je me demandais si vous connaissiez une jeune fille du nom de Fabrissa ?

Il réfléchit un instant, puis secoua la tête.

— Non, ça ne me dit rien.

— Et Pierre ? Ou votre père peut-être ? Pourriez-vous leur poser la question ? On nous a présentés lors de la fête avant-hier. Mais, comme un idiot, je n'ai pas retenu son nom de famille, continuai-je d'un ton léger, tandis qu'il s'adressait à eux et qu'intérieurement je m'armais de courage. J'aimerais bien savoir où elle habite.

Breillac fit non de la tête, et Pierre de même. Guillaume se tourna vers moi pour confirmer qu'ils ne connaissaient aucune jeune fille répondant à ce prénom.

— Et mon père dit que l'autre soir, il ne vous a point vu à l'Ostal, monsieur, ajouta Guillaume.

— Ah bon ? fis-je en sentant mon ventre se nouer désagréablement. Eh bien, la salle était comble. Difficile d'apercevoir quelqu'un dans cette foule. Moi-même je n'ai pas vu Mme Galy de la soirée, alors que c'était elle qui m'avait invité... Et votre père, j'espère qu'il n'a pas reçu de mauvais coups dans l'échauffourée ? ajoutai-je après un silence, avec un petit rire crispé. Au début, j'avoue que je m'y suis laissé prendre. Ces épées, ces heaumes... ils faisaient si vrai.

— L'échauffourée, monsieur ? s'étonna Guillaume d'un air ébahi.

— Eh bien, oui. La bagarre, quoi... Vous-même, y étiez-vous, Guillaume ? À la fête de la Saint-Étienne ?

— Mais oui. Nous y étions tous, répondit Guillaume en me jetant un drôle de regard.

Navré d'avoir assombri la belle humeur de cette journée, je n'ajoutai rien de plus, mais les doutes continuèrent à me ronger l'esprit. Comment se faisait-il que mon souvenir de la soirée diffère tant du leur ? Certes, Fabrissa avait accaparé toute mon attention, mais cela n'expliquait pas tout.

Nous poursuivîmes notre chemin en parlant à peine, car la pente devenait de plus en plus raide. Enfin, je repérai le croisement où les deux sentiers se rejoignaient pour former la piste unique menant à la route.

Nous nous arrêtâmes pour reprendre notre souffle. Ce fut alors que je sentis dans ma nuque ce frisson familier, et l'air autour de moi se fit plus dense. En jetant un coup d'œil sur ma gauche, je distinguai les racines noueuses d'arbres centenaires qui se perdaient dans les épais taillis de la montagne.

— Comme des marches façonnées dans le bois, murmurai-je, tandis que la voix de Fabrissa résonnait dans ma tête.

— C'est bien par ici, monsieur ?

Soudain ramené à la réalité, je me rendis compte que mes trois compagnons attendaient que je leur indique le chemin.

— Oui, c'est par là. Tout droit.

Idée

Il était prêt de onze heures et demie quand nous sortîmes du sentier pour arriver au poteau indicateur.

Nous fîmes une petite halte pour nous reposer. Je leur offris des cigarettes et Breillac père fit passer à la ronde une flasque d'une infecte liqueur anisée dont chacun de nous but une rasade.

Les intempéries qui avaient sévi deux jours auparavant, ainsi que l'état de choc dû à l'accident, m'empêchaient d'estimer avec certitude l'endroit où l'Austin jaune pouvait bien se trouver. En fait, nous ne marchions que depuis cinq minutes quand nous l'aperçûmes.

— La voilà ! m'exclamai-je, soulagé de voir qu'elle n'avait pas complètement basculé dans le vide.

En patinant à moitié sur la route verglacée, il ne nous fallut qu'une ou deux minutes pour parcourir les deux cents mètres qui nous en séparaient. Tout en scrutant la voiture, Breillac et ses fils parlaient trop vite pour que je puisse les suivre.

Guillaume prit le bout d'une corde qu'il portait sur l'épaule et l'attacha au pare-chocs arrière. Puis il se passa la corde autour de la taille, et Pierre en fit autant. S'arc-boutant, ils commencèrent à tirer, tandis que sur le côté, Breillac les encourageait en braillant comme une marchande de poissons.

On entendit les garçons grogner sous l'effort ainsi que le raclement du métal sur le sol gelé, et la voiture fut lentement écartée du bord du précipice jusqu'à ce que ses quatre roues reposent sur la terre ferme.

— Bravo les gars ! lançai-je aux jumeaux. Et merci à vous, Michel.

Guillaume défit la corde, puis recula pour permettre à Breillac de mieux voir. Le père fit le tour de la petite voiture endommagée comme s'il était à une vente aux enchères, et secoua la tête d'un air navré en montrant l'essieu, le passage de roue avant voilé, ainsi qu'un morceau de câble indéterminé qui pendait comme un fil arraché. À son expression, je compris qu'il serait difficile de la réparer.

— Il y en a pour quatre ou cinq jours minimum, déclara-t-il.

— Et que devrions-nous faire maintenant, à son avis ? demandai-je à Guillaume. Y a-t-il un garage à Néans ? Ou faut-il envisager un remorquage jusqu'à Tarascon ?

Comme Guillaume se tournait vers son père pour entamer une discussion qui promettait d'être longue, j'allai m'asseoir sur un rocher, hors de portée de leurs voix sonores. Le soleil était monté au-dessus de la montagne et il faisait un peu moins froid. L'air sentait la résine de pin.

Je m'abritai les yeux contre le reflet aveuglant du soleil blanc sur les cimes enneigées et scrutai les pentes en dessous de la route. Il n'y avait aucune habitation en vue. D'après Guillaume, à part quelques cabanes de berger désertées en hiver, personne ne vivait dans ces hauteurs. C'était un environnement trop rigoureux, exposé au vent et aux intempéries.

J'allumai une cigarette en songeant à ce que Fabrissa m'avait dit. Le sentier qu'elle et sa famille avaient suivi était enfoui sous des buis et bordé par… des bouleaux argentés, me rappelai-je après un petit temps de réflexion.

Les buis et les bouleaux étaient communs dans cette partie de la France, mais de là où j'étais assis, je distinguais effectivement dans la végétation les troncs mouchetés noir et argent d'un bosquet de bouleaux et, un peu à droite, le vert profond des buis. Serais-je sur la bonne piste ?

— Monsieur ? fit Guillaume en me sortant de mes rêveries.

— Alors, quelles sont les nouvelles ? demandai-je en me redressant. Que propose votre père ?

Tandis que Guillaume m'expliquait le plan de Breillac, je m'efforçais de lui prêter attention, mais mes pensées dérivaient irrésistiblement vers les taillis en dessous.

— … si cela vous convient, monsieur. Sinon, nous trouverons un autre moyen.

Je me rendis compte que Guillaume s'était tu et qu'il me regardait.

— Pardonnez-moi. Je n'ai pas bien saisi, pourriez-vous… ?

Tandis que Guillaume réitérait ses explications en parlant plus lentement, du coin de l'œil, je vis quelque chose bouger plus bas dans la vallée. Un éclair bleu, songeai-je, sans en être certain. J'avançai d'un pas et, me servant des bouts de branches nues d'un bouleau pour délimiter mon champ de vision, je traçai une ligne droite jusqu'au flanc de colline situé de l'autre côté de la vallée. Là, je repérai une roche grise en surplomb, à moitié dissimulée par des arbres. Cela faisait comme une saillie dans le rocher et, plissant les yeux, je crus même y distinguer une brèche en forme de sourcil. Même si à cette distance, on ne pouvait être sûr de rien.

— ... étant donné les dégâts du châssis, conclut Guillaume, mon père pense qu'il faut faire appel à un mécanicien expérimenté. Un ancien collègue à lui travaille chez Fontez, à Tarascon, et il pourrait vous négocier un bon prix.

— Est-il possible de monter jusque là-haut ? demandai-je en indiquant vers le sud-est l'escarpement d'en face.

Si Guillaume fut vexé par mon manque d'attention, il ne le montra pas.

— Oui, en continuant tout droit sur cette route, puis en piquant près de Miglos. Mais je ne vois pas l'intérêt. Il n'y a rien de spécial à voir, là-bas.

— Et depuis ce côté-ci de la vallée ? Y a-t-il un chemin qui part d'ici pour monter à travers ces bois ?

— S'il y en a un, je ne le connais pas, répondit Guillaume en haussant les épaules. On a miné une partie de ces montagnes, afin d'ouvrir une nouvelle voie vers le sud. Ça remonte à vingt ans. Du coup le paysage a changé… C'est possible, mais s'il existe, ce sentier doit être très escarpé.

— Sûrement, murmurai-je en songeant à une jeune fille courageuse et à un petit garçon trop faible pour marcher longtemps.

Guillaume se dandina d'un pied sur l'autre, impatient de régler le problème.

— Pour en revenir à la voiture, monsieur, est-ce qu'on la fait remorquer jusqu'à Tarascon ? Cela vous convient-il ?

Maintenant que j'avais la conviction que la grotte était là, j'étais incapable de me concentrer sur rien d'autre. Je détachai avec peine mes yeux de la saillie rocheuse, le temps de dire à Guillaume que cela m'allait très bien.

Il soupira et indiqua à son père que c'était d'accord en dressant le pouce.

— Pierre pourra attendre ici tandis que j'irai à Tarascon organiser le remorquage, poursuivit-il. Papa va vous ramener à Néans.

— En fait, Guillaume, je préférerais rester ici avec la voiture, déclarai-je après un instant d'hésitation.

— Mais vous risquez d'attendre longtemps, monsieur, objecta-t-il en faisant des yeux ronds. Pierre se fait un plaisir de rester pour surveiller la voiture. Il est habitué à l'air des hauteurs. Vous devriez rentrer au village.

— Non, j'insiste, dis-je.

— Mais que ferez-vous tout ce temps ?

— Je trouverai de quoi m'occuper. J'ai des livres à lire dans l'Austin. Et je m'y enfermerai s'il commence à faire trop froid. Allez-y, ajoutai-je avec un petit hochement de tête impatient. Plus tôt vous repartirez, plus vite vous serez revenus.

Guillaume était manifestement contrarié, mais il vit, à mon air résolu, qu'il ne me ferait pas changer d'avis. Quand il eut expliqué la chose à son père et à son frère, pour la première fois, Breillac s'adressa à moi directement.

— Excusez-moi, mais je ne comprends pas, me déclara-t-il d'une voix rendue rocailleuse par l'âge et le tabac.

Les frères échangèrent un regard, puis Guillaume parla de nouveau avec son père, avant de traduire une fois de plus ses propos à mon intention :

— Il s'inquiète et trouve que vous ne devriez pas rester ici. Ce n'est pas un endroit pour vous.

— Dites à votre père que je lui sais gré de sa sollicitude, mais que tout ira bien, répondis-je en souriant.

Breillac me lança un regard dur.

— *Trèvas*, grommela-t-il en pointant son doigt sur moi. *Fantaumas*.

— Que dit-il ? m'enquis-je en me tournant vers Guillaume.

— Qu'il y a des esprits dans ces montagnes, répondit-il en rougissant un peu.

— Des esprits…

— *E'l Cerç bronzis dins las brancas dels pins. Mas non. Fantausmas del ivèrn.*

Les paroles prononcées par Breillac m'étaient vaguement familières, même si je n'arrivais pas à me rappeler où et quand j'avais pu les entendre. Je consultai Guillaume du regard.

— Ça signifie que même si la chanson parle du vent Cers qui se lamente en soufflant dans les arbres quand vient la neige, en vérité ce sont les voix de ceux qui furent piégés dans les montagnes... Les fantômes d'hiver.

Un frisson me parcourut la nuque. Un instant, nous restâmes figés, guettant nos réactions à chacun. Alors, claquant des mains en riant, je fis mine d'applaudir à une bonne plaisanterie. Le charme que les paroles de Breillac avaient jeté sur nous fut rompu. Je refusai de me laisser effrayer par ces superstitions paysannes. Guillaume et Pierre rirent également.

— Je ferai attention, promis-je en donnant à Guillaume une tape dans le dos. Dites à votre père de ne pas s'inquiéter. Je resterai ici à vous attendre. Partez maintenant.

Breillac me jeta un regard dont l'intensité m'ébranla un peu, je l'avoue. Mais il n'ajouta rien de plus et, peu après, il me tournait le dos en faisant signe à ses fils de le suivre.

Planté au milieu de la route, je les regardai s'éloigner. Guillaume et Pierre, bons géants aux larges épaules, marchant d'un pas assuré. Et, avançant entre eux, leur père, petite silhouette chétive au dos courbé par les ans.

Cette vision m'émut et m'inspira non pas du regret, car on ne peut regretter ce qu'on n'a jamais eu, mais

une sorte d'envie dénuée de toute malveillance. Les Breillac formaient une famille à part entière, chose que je n'avais jamais connue. Bien sûr, j'étais lié à mes parents par le nom et l'adresse que nous avions en commun, mais rien de plus. Je ne me rappelai pas une seule occasion où George, mon père et moi avions fait quelque chose ensemble, ne serait-ce qu'une simple promenade sur les Downs en allant de Lavant à East Dean.

George était toute ma famille. Lui seul m'avait aimé. Alors une autre pensée s'immisça dans mon esprit, qui me fit sourire. Peut-être qu'avec le temps, Fabrissa en viendrait à m'aimer. Cette idée scintilla un instant d'un merveilleux éclat pour exploser dans ma tête comme un joyeux feu d'artifice, ravivant mon énergie.

Plus que jamais résolu à retrouver Fabrissa, je regagnai la voiture. Me penchant par-dessus le siège du conducteur, je sortis ma torche électrique de la boîte à gant. Mon guide Baedeker était toujours posé sur le siège passager. À cause de l'humidité et de la neige qui avaient pénétré par le trou du pare-brise, ses pages étaient trempées, gondolées. Je le secouai par la portière pour faire tomber les débris de verre pris dans sa reliure, puis j'étudiai la carte. Cette fois je trouvai Néans. C'était un point minuscule, et son nom enfoui dans le pli du milieu était à peine visible. Pas étonnant que je l'aie manqué.

Sur la carte, je localisai Miglos, le village dont Guillaume m'avait parlé, et traçai un triangle du doigt pour déterminer mon itinéraire. Toutefois, les distances indiquées sur la carte et celles que j'avais devant les yeux ne semblaient pas correspondre. Peut-être était-ce normal. Guillaume m'avait dit qu'on avait miné la montagne dans cette zone vingt ans plus tôt, sans doute pour ouvrir des carrières. Feuilletant le Baedeker, je lus sur sa page de garde que cette édition datait de 1901. Oui, cela expliquait sans doute ces différences.

Conscient que le temps m'était compté, je décidai de prendre le soleil pour guide. Dès que je serais de l'autre côté de la vallée, le jaune vif de mon Austin m'indiquerait mon point de départ.

Que me fallait-il d'autre ? Ma toque et mes gants d'emprunt me tenaient assez chaud, mais mes Fitwells n'étaient pas adaptées à ce genre de terrain et je risquais de glisser souvent en grimpant. Je pris ma valise sur le siège arrière, me débattis avec les fermoirs qui finirent par s'ouvrir en cliquant, et sortis mes chaussures de marche. Ce faisant, mes doigts sentirent le contact froid du métal.

Après avoir posé les chaussures par terre à l'extérieur de la voiture, je retournai fouiller dans le fatras de vêtements et de livres pour en retirer enfin le revolver.

M'adossant au siège, j'examinai le Webley. Il n'était pas chargé et je n'avais pas emporté de munitions. Je revoyais la boîte en carton qui était restée dans le tiroir du haut de ma commode, dans mon appartement de Chichester. Était-ce mon instinct de conservation qui m'avait fait oublier les balles ? La question était devenue superflue. L'arme ne m'était d'aucune utilité et elle ne ferait que m'encombrer.

Après l'avoir rangée, je refermai la valise, changeai de chaussures puis, armé de ma seule torche électrique, je sortis de la voiture et claquai la portière.

Fabrissa habitait mon cœur, mon souffle, mon esprit, elle accaparait chacune de mes pensées. J'en étais presque étourdi, mais je me sentais aussi invincible, porté par une inflexible résolution. Quant à ce que je ferais une fois que j'aurais trouvé la grotte, si je la trouvais, cela ne me vint même pas en tête.

Avec le recul, il peut sembler saugrenu qu'un éclair bleu entrevu de l'autre côté de la vallée m'ait inspiré une telle conviction, mais en vérité, pas un seul instant je ne songeai que ce pouvait être quelqu'un d'autre. Fabrissa m'avait dit de la retrouver et je tiendrais parole. Quelle naïveté, n'est-ce pas, de se nourrir ainsi d'illusion ?

Mais quoi de plus merveilleux que ce fol espoir ?

La grotte

Je retournai donc jusqu'au poteau indicateur pour m'enfoncer une fois de plus dans les bois, avec l'impression d'être un petit garçon qui fait l'école buissonnière.

Cette fois, l'atmosphère qui régnait dans la forêt était différente. En partie parce qu'il n'y avait pas de brume et que la lumière du soleil qui filtrait à travers les arbres dénudés parsemait le sentier d'éclats dorés. Mais aussi parce que je m'y sentais chez moi, bien accueilli, comme si je faisais partie du paysage au lieu d'être un intrus, car à présent ces lieux étaient associés à Fabrissa.

Maintenant que je savais où j'allais, j'avançais à bonne allure. Bientôt j'arrivai à l'endroit où les racines noueuses disparaissaient sous les taillis. Je pris une profonde inspiration et me mis à tirer sur le fouillis épais des broussailles raidies par le gel, qui tenait tout sous son emprise. Heureusement les gants fourrés, s'ils rendaient mes gestes un peu gauches, m'offraient une bonne protection. Après quelques vives saccades, je réussis à écarter une branche et une

bonne odeur de terre humide me monta aux narines.
Sous le couvert des taillis d'arbres persistants partait
en effet une sorte d'escalier fait de racines qui montait
en sinuant. Des racines datant d'un temps immémo-
rial, comme Fabrissa l'avait dit.

Prenant appui du pied contre la pente, je m'arc-
boutai et persistai dans mes efforts tel un concurrent
au tir à la corde privé d'adversaire, jusqu'à ce que la
branche cède assez pour que je puisse me glisser dessous. Alors je me mis à grimper en raidissant les
muscles à chaque pas, comme Mallory et Irvine à la
conquête de l'Everest. Les racines glissantes, tor-
tueuses, me firent trébucher plus d'une fois, je tombai
en avant sur les mains et les genoux. Les marches
devenaient de plus en plus hautes et raides, tant et si
bien qu'à la fin, plutôt qu'un escalier, elles formaient
comme une échelle qui montait en zigzaguant sur le
flanc escarpé de la montagne.

C'était épuisant, d'avancer ainsi plié en deux, et
j'avais du mal à imaginer comment Fabrissa et Jean
avaient pu en faire autant, en pleine nuit et en risquant
leur vie. Mais ils avaient réussi. C'est donc que je le
pouvais aussi.

Alors qu'à bout de forces j'étais bien près de
renoncer, je me retrouvai soudain à découvert. Je me
redressai, étirai mes épaules et mes bras crispés, puis
je me perchai un instant sur un rocher pour reprendre
mon souffle et regarder autour de moi.

J'étais dans une clairière encerclée d'arbres. Le
plateau que j'avais repéré depuis la route n'était plus
très loin. Je reconnus le cercle de feuillages qui for-

mait comme la couronne d'une reine de mai. Me retournant, je repérai la tache vive que faisait l'Austin jaune sur la route grise : mon camp de base. Au-dessus de ma tête, plusieurs fissures béaient comme des bouches dans la façade rocheuse, sous les escarpements en surplomb.

Il n'y avait aucune habitation en vue, aucun hameau, aucune fumée montant dans l'air glacé, pas même une cabane de berger. Cela m'angoissait-il ? Non, je ne le crois pas. Sur le moment, je ne pensais qu'à la façon dont j'allais m'y prendre pour parvenir indemne jusqu'au sommet.

Je continuai à grimper malgré les crampes presque insupportables que j'avais dans les cuisses. Chaque pas était un supplice, un acte de résistance, mais une fois que j'eus trouvé mon rythme, je m'y tins obstinément. Tête baissée, épaules en avant, j'avançais en raidissant les genoux. Sous la toque en fourrure, la sueur me coulait dans la nuque et dans le dos, mais si je l'ôtais, je risquais fort d'attraper froid. J'avais mal partout, j'étais en nage, pourtant, vaille que vaille, je progressais.

À présent j'étais juste sous la falaise. De là, les grottes paraissaient naturelles et non creusées par la main de l'homme, mais j'étais encore trop loin pour en être sûr. Quelques-unes semblaient assez vastes pour abriter un homme debout. D'autres juste assez larges pour qu'un enfant puisse s'y glisser à quatre pattes.

Dès que je pus m'en approcher, la beauté de ce lieu me coupa le peu de souffle qui me restait. Le

vent et la pluie, la chaleur et le froid avaient sculpté
le roc au fil des millénaires. Au premier regard, il
me rappela des photographies de tombeaux en Terre
sainte liés à la tragédie de Massada. Sauf qu'ici en
Ariège, sous la poudre de neige, tout était dans les
gris, vert et brun, au lieu du jaune safran du désert.

En me fiant à la marche du soleil depuis que
Breillac et ses fils m'avaient quitté, j'estimai qu'il
devait être environ une heure de l'après-midi. Cela
me laissait le temps.

J'avançai lentement sur la corniche en scrutant dans
les creux et les fissures, de plus en plus déçu car aucun
ne pouvait être la grotte où Fabrissa et sa famille
avaient trouvé refuge. Pour la plupart, ils ne s'enfon-
çaient que d'un mètre ou deux. Même aujourd'hui, elle
n'aurait pas trouvé la place de s'y cacher.

Alors, je remarquai un ruban d'herbe qui sinuait
entre les rochers. Tout en m'accrochant au flanc de
la montagne, je me glissai dans sa direction. Ne
regarde pas en bas, Freddie, me dis-je en m'efforçant
de ne pas penser à ce qui m'arriverait si je tombais.
Plus que quelques pas. Enfin j'aperçus juste au-dessus
de ma tête une saillie de roche grise qui avançait
comme une lèvre. Dessous, il y avait une brèche en
forme de demi-lune.

Ce fut un tel soulagement qu'étourdi je m'appuyai
contre le large flanc de la montagne en attendant que
mon cœur retrouve son calme. J'avais réussi. Je rassemblai mes forces pour parcourir les quelques pas
qui restaient et enfin, je touchai au but. J'avais découvert la grotte de Fabrissa.

Qu'ai-je pensé alors ? Qu'elle m'attendait à l'intérieur, comme dans un jeu de cache-cache ? Ou qu'elle
aurait dissimulé dans la grotte quelque indice m'indiquant par où continuer ma quête, comme dans une
chasse au trésor ? Je ne m'en souviens pas. Je me
rappelle seulement ce que j'éprouvais : de la fierté
pour avoir relevé ce défi, et une impatience exquise
à l'idée de revoir Fabrissa. Car j'étais toujours per-

suadé qu'elle était là, quelque part, et que je la trouverais.

— Fabrissa ? appelai-je, mais seul l'écho de ma voix me répondit.

Je scrutai dans la pénombre de la grotte. À son point le plus haut, l'ouverture faisait environ un mètre trente de haut et deux mètres de large. Je retournai du bout de ma chaussure une pierre dont la surface était couverte de neige. En dessous, la terre humide abritait des vers et des insectes. À mesure que mes yeux s'adaptaient à l'obscurité, je frissonnai autant de plaisir que d'angoisse. C'était la bonne grotte, j'en étais certain. Mais j'éprouvais aussi comme une sorte de pressentiment. Pourtant il n'était pas question de faire demi-tour.

Je sortis la torche de ma poche. La pile devait être usée, car son faisceau ne portait guère loin ; assez cependant pour m'être utile. Baissant la tête, je pénétrai à l'intérieur. Dans l'entrée, il faisait humide, mais un peu moins froid qu'au-dehors. Tandis que j'avançais à pas lents sur le sol en pente inégale, la lumière de ma torche faisait danser des ombres sur les parois de pierre grise, des pierres roulaient sous mes pieds, crissaient sous mes chaussures, et dans mon dos, la lueur du jour s'amenuisait.

Soudain, je fus forcé de m'arrêter. Un mur de pierre bloquait le passage, renforcé par un soutènement en bois. Levant la torche, je parcourus l'obstacle des yeux. Les rochers étaient maintenus en place par des poutres. Avec un malaise grandissant, je me souvins de ce que Fabrissa m'avait raconté quand nous étions assis au bord de l'étang, sans que sur le moment j'y attache grande importance. Personne n'était revenu.

Je tirai sur l'un des étais de bois. Au lieu de résister comme je m'y attendais, il s'effrita entre mes mains et tomba en poussière. Un autre se détacha tout aussi facilement, sans doute rongé par les vers ou les termites. Luttant contre la panique qui m'envahissait, je posai ma torche sur une corniche et m'attaquai au mur. Les gants étaient trop épais pour se glisser dans les fentes, aussi je les ôtai ainsi que ma toque, et continuai à mains nues.

J'ignore combien de temps il me fallut pour démolir le mur pierre par pierre. J'avais les mains en sang, des crampes dans les bras, mais j'étais possédé d'un besoin farouche de savoir ce qui se trouvait derrière. La poussière bouillonnait dans l'étroit passage tandis que je me démenais comme un forcené.

Enfin, il y eut une ouverture grande comme ma main. Je me servis d'une grosse pierre comme d'une masse pour agrandir le trou, puis j'y entrai le bras jusqu'à l'épaule et continuai à taper jusqu'à ce que la brèche soit assez large pour que je puisse m'y faufiler.

Inspirant profondément, je m'armai de courage pour affronter ce qui m'attendait de l'autre côté, et me hissai afin de pénétrer dans la prison de roc et de pierre.

Os, ombres et poussière

L'air me heurta de plein fouet, avec cette odeur puissante des lieux confinés depuis très longtemps.

Au bout de quelques pas, le tunnel s'incurva vers la gauche, pour déboucher aussitôt sur une salle d'une ampleur colossale. Saisi d'une crainte révérencieuse au seuil de cette cathédrale naturelle, je dirigeai le faisceau de ma lampe vers le haut. La lumière alla se perdre dans les ténèbres.

— Une cité dans les montagnes, murmurai-je, et un grand calme descendit sur moi.

Jusqu'à cet instant, je ne m'étais pas rendu compte de l'appréhension grandissante que j'avais ressentie en m'enfonçant dans le tunnel, à l'idée de ce que j'allais découvrir. Un long soupir de soulagement s'échappa de mes lèvres. Il n'y avait rien à voir, et ces lieux grandioses, immémoriaux, inspiraient une sorte de paix. Notre refuge, avait dit Fabrissa.

Cependant elle ne pouvait s'y trouver. Il m'avait fallu du temps pour abattre l'obstacle, et il était improbable qu'il existe une autre entrée.

— Où es-tu ? murmurai-je dans le silence, refusant de me rallier au simple bon sens.

J'étais tellement certain de la trouver. En vérité, inexplicablement, je sentais sa présence à mon côté. Quelque part, là, tout près.

J'éclairai la grotte en envoyant le faisceau dans toutes les directions et soudain, une tache plus claire accrocha mon regard. Avançant d'un pas, j'orientai la torche vers une saillie de roche grise qui formait un angle de quarante-cinq degrés avec la paroi. Juste à côté, par terre, il y avait quelque chose. En approchant, je vis que c'était une feuille de papier. Contre toute vraisemblance, elle semblait avoir été déposée là comme par une rafale de vent.

Je la ramassai. Elle était rugueuse au toucher. En fait ce n'était pas du papier, mais un parchemin dont la texture grossière ressemblait à celle des papyrus bon marché que les touristes rapportent comme souvenir d'Égypte. Je l'ouvris. Il était couvert d'une écriture irrégulière, alambiquée, et ressemblait plus à une partition de musique qu'à une lettre. Je ne pus en déchiffrer le texte, même en tenant le parchemin sous le feu direct de ma torche.

Je le pliai et le mis dans ma poche. J'aurais bien le temps de m'y pencher plus tard.

Puis je remarquai une fissure dans la paroi rocheuse juste en face de moi. Projetant le faisceau de la lampe, je m'en approchai. Un passage s'enfonçait entre deux énormes masses rocheuses, si étroit qu'il n'y avait pas moyen d'évaluer sa longueur, ni sa destination. Rien qu'à le regarder, je me sentais devenir claustrophobe.

Pourtant je me forçai à m'y engager de biais et, tenant la torche au-dessus de ma tête, j'avançai à tout petits pas en m'exhortant au calme, sentant avec horreur la pression des deux masses rocheuses qui m'enserraient.

En fait, le boyau n'était pas long et il déboucha assez vite sur une petite salle indépendante. Contrairement à la grande salle précédente qui était complètement nue, celle-ci avait manifestement été occupée. Dans la pénombre, je distinguai les vestiges d'un campement, un amas indistinct de tissus gris ou bleus, difficile à dire à la lueur jaune de la torche, qui avaient dû être des couvertures.

« Fabrissa ? »

Pourquoi l'appelais-je encore ? Je m'étais pourtant rendu à l'évidence… elle ne pouvait être là. Mais, au fond de moi, l'espoir demeurait qu'elle m'y attendait peut-être, et je pénétrai plus avant dans la salle. La

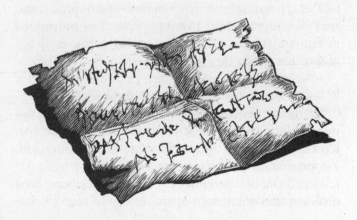

torche éclaira des fragments de tissu rouge, vert, gris et brun ; un bol en terre cuite, un bout de chandelle fondue jusqu'à la mèche.

Mon pouls s'accéléra. À la vue de ces humbles vestiges, mon subconscient avait déjà compris ce que mon esprit se refusait à admettre.

Il y avait autre chose aussi. Une odeur âcre flottait dans l'air, semblable aux relents d'encens refroidi dans une église, bien après le départ des fidèles. Vaguement écœuré, je sortis mon mouchoir de ma poche pour le plaquer contre mon nez et ma bouche. Même s'il puait l'essence et le sang séché, il ne parvenait pas à couvrir tout à fait l'odeur pénétrante de la grotte.

Alors je les entendis. Cette fois, au lieu d'une seule, c'était une multitude de voix dont les murmures entremêlés évoquaient les harmonies du plain-chant aux vêpres, et les longues tenues des notes se faisant écho.

J'eus beau sonder les ténèbres autour de moi, rien ne bougeait dans l'ombre. Rien. Les murmures m'entouraient maintenant de toutes parts, et il s'y mêlait à présent des pleurs, des appels désespérés.

« Nous sommes les derniers. Les derniers. »

— Où êtes-vous ? criai-je. Montrez-vous.

La nausée m'envahit, pourtant, j'étais irrésistiblement attiré vers le coin le plus éloigné de la caverne. Contre ma volonté, incapable de résister à cet appel, j'avançai d'un pas chancelant.

À présent une autre voix s'éleva, plus claire, plus distincte, qui s'adressait à moi et à moi seul.

« Os, ombres et poussières. »

— Fabrissa ? appelai-je dans le noir.

Je m'approchai de l'épicentre du son jusqu'à ce que mes pieds s'arrêtent d'eux-mêmes. Alors, malgré ma terreur, je me forçai à regarder ce que je ne voulais pas voir : j'étais debout au milieu d'une cité d'ossements, une nécropole où des hommes, des femmes, des enfants étaient tous alignés, comme s'ils s'étaient couchés pour dormir côte à côte et avaient oublié de se réveiller.

Mortifié, je me penchai pour examiner les humbles objets funéraires qui jonchaient le sol comme autant de trésors intimes : bougies, ustensiles de cuisine, une cruche couchée sur le flanc, tous devenus inutiles.

Enfin ma tête reconnaissait ce que mon cœur refusait d'admettre depuis le début. Je comprenais enfin l'histoire que Fabrissa m'avait racontée, même si jusqu'à présent j'avais refusé de l'entendre.

Çà et là, je reconnaissais des vestiges infiniment touchants, la longue robe verte de Guillaume Marty, encore ceinte de cuir, les robes bleu roi à surpiqûre rouge portées par les sœurs Maury, devenues haillons, le voile gris que Na Azéma s'attachait sous le menton, presque dissous par le temps. Et je devinais leurs squelettes. Des crânes à moitié cachés par une capuche, un pli de tissu, une ombre, les os luisant d'un blanc verdâtre au pâle rayon de la torche.

Ravalant ma nausée, je continuai à avancer. J'avais à présent une vue d'ensemble, et je repérai la disposition de l'ossuaire. Les corps étaient regroupés par famille. Combien de gens gisaient là, enterrés vivants ? Cinquante, cent ? Plus ? Quelqu'un en avait-il réchappé ? Non, Fabrissa avait bien dit que personne n'était revenu. J'avais découvert le charnier des villageois de Néans. Leur refuge devenu leur tombeau.

Mais le pire était encore à venir. Les murmures s'intensifiaient, c'étaient maintenant des plaintes, des gémissements, des voix implorant de l'aide et priant qu'on les libère. D'autres sons s'y mêlaient, grattements, griffes labourant la pierre, râles d'agonie, raclement des corps décharnés rampant sur le sol rude et inégal. J'aurais voulu fuir, mais j'en étais incapable. Je ne pouvais détourner le regard ni même me boucher les oreilles pour ne plus entendre l'horreur de leurs voix. Ce serait les abandonner une fois de plus.

Je n'avais pas encore trouvé Fabrissa et j'avais beau prier follement pour que cela n'arrive pas, je savais au fond de moi que ce n'était qu'une question de temps. L'écho dans les montagnes, sa voix, que j'avais ensuite reconnue à l'Ostal… tous les détails de notre rencontre m'amenaient à la même conclusion.

Les bruits s'intensifièrent. Hurlements de désespoir, grattements frénétiques sur les parois de pierre inébranlables… Non, ce n'était pas le vent Cers qu'on entendait gémir dans les montagnes, mais les esprits des morts, comme l'avait dit le vieux Breillac. Depuis des siècles, le village de Néans soupirait, retenu tel un souvenir dans la mémoire des bois ancestraux.

La grotte s'emplissait de mouvements, je voyais leurs formes remuer dans la pénombre, ombres blanches, esquisses dans l'air, silhouettes à peine entrevues... les âmes des morts. Ils ne me laisseraient pas en paix. Je me couvris le visage de mes mains, tout en sachant que cela ne changerait rien. Ils défileraient devant moi en leur funèbre procession. Il fallait que j'assiste à leur lente agonie.

Des visages aux yeux d'une terrible beauté entraient et sortaient de mon champ de vision. Des inconnus familiers... Ceux que j'avais rencontrés à l'Ostal et qui m'accueillaient à nouveau. Mon voisin de table renfrogné, dont la face rubiconde de gros mangeur se creusait jusqu'à n'avoir plus que la peau sur le crâne, des orbites creux à la place des yeux, des lèvres émaciées sur des chicots noircis. Le doux visage de Na Azéma et son air presque étonné à mesure que ses traits s'effaçaient pour ne laisser que le vague souvenir de la bonne femme qu'elle avait été.

Je savais à présent pourquoi j'avais été amené en ces lieux. J'étais là pour rendre témoignage de leur lente et terrible agonie, et prendre conscience de la nature de la prison où je m'étais moi-même enfermé.

Sans compréhension, il ne peut y avoir de rédemption. En cet instant, tout s'éclaira pour moi d'un jour nouveau. Ces années que j'avais passées à errer sur la frontière entre les vivants et les morts... Grâce à elles, j'étais capable d'entendre les voix des disparus résonner dans le silence alors que d'autres ne le pouvaient pas. Oui, pendant dix ans, à force de guetter un signe, une présence, j'avais perçu des choses qui se trouvaient au-delà des limites de la réalité. J'avais été hanté par des images horribles de mon frère et, à présent, une hallucinante vision m'assaillait, une danse macabre insoutenable de chairs putréfiées, de traits déformés, de vivants côtoyant les corps décomposés de leurs proches en une horrifiante intimité. Vies perdues. Petits êtres passant du berceau au tombeau.

C'était plus que je ne pouvais supporter. Quelqu'un pleurait, un son tout proche, d'une qualité différente. C'était moi. Oui, je pleurais enfin sur George, moi-même, et tous ceux qui gisaient oubliés dans la terre froide.

Alors je le sentis. Un changement soudain dans l'air devenu plus dense. Un frisson dans ma nuque, un allègement du poids qui m'oppressait la poitrine. Ils étaient encore avec moi, les fantômes d'hiver, mais ils se retiraient dans les coulisses.

— Fabrissa ?

Relevant la tête, je regardai droit devant moi. Ce n'était qu'une infime vibration, guère plus que le tremblement d'une aile de papillon. Non pas une illumination, mais un instant de grâce, la vision fugitive d'un visage au teint diaphane encadré d'une masse soyeuse de cheveux noirs. Je me mis debout et avançai d'un pas hésitant. La vision disparut aussitôt dans les ténèbres.

— Non ! Reste !

Mon cri résonna dans la grotte. Je serrai les poings, mes ongles cassés rentrèrent dans la chair meurtrie de mes paumes. J'essayai de me rappeler sa

présence presque impalpable, cette légèreté qui éma-
nait d'elle, la clarté de ses yeux gris, les rides
d'expression aux coins de sa bouche, ce demi-sourire
que j'aimais tant.

J'avançai encore d'un pas vers l'endroit où elle
m'était apparue si fugitivement. Le rayon faiblissant
de ma torche éclaira un tissu bleu étalé par terre. Un
bleu profond, celui des yeux de mon frère, celui des
fleurs de lin en juin dans les prés du Sussex. La couleur exacte de la robe que portait Fabrissa. Et je vis
sans doute possible les débris de fil jaune, là où la
croix avait été cousue.

Je m'agenouillai près d'elle, avec le désir fou de
sentir sous mes mains son corps frêle, la douceur de
sa peau. Le tissu bleu ne recouvrait qu'un squelette.
J'aurais voulu prononcer son nom pour la ramener à
la vie, mais j'en fus incapable.

L'angoisse m'étreignit, mes côtes semblèrent se
resserrer sur mon cœur comme pour l'étouffer. Alors,
enfin, je l'entendis. Sa voix chantante résonna dans
les ténèbres, rien que pour moi.

« Freddic… »

— Je suis là, dis-je entre le rire et les larmes. J'ai
tenu parole. Je suis venu te chercher.

L'ai-je tenue contre moi alors ? Je savais bien
qu'elle n'était qu'ombre et poussière. Pourtant, j'ai
souvenir d'avoir senti l'espace d'un instant sa chaleur dans mes bras, et d'avoir soupiré d'aise. Elle
m'était revenue. Viens me chercher, ramène-moi
chez moi.

Je me sentais partir, glisser dans des ténèbres que j'accueillais avec gratitude. Cela, je m'en souviens à coup sûr : j'avais posé ma tête sur ses genoux et je l'écoutais, grisé une fois encore par les inflexions de sa voix. Car Fabrissa me contait la fin de son histoire. L'histoire de ces montagnes, et des fantômes qui y demeuraient.

Bercé par le rythme de son récit, je fermai peu à peu les paupières, puis ce fut le silence. Et dans ce silence, je la sentis qui s'éloignait. J'eus beau crier pour la retenir, elle n'était plus là. Fantôme, esprit, émanation, qu'importe… Elle avait disparu. Et cette fois, je sus qu'elle ne reviendrait pas.

Je glissais dans l'inconscience et ne souhaitais pas me réveiller. La lampe qui faiblissait me rappelait une salle de concert au moment où l'on baisse les lumières, au milieu des chuchotements. Je nous revis George et moi en cette veille de Noël, au Lyric Theatre, mangeant des sucres d'orge en pouffant de rire. Neverland… Peter Pan… Nous avions appris depuis que la mort était loin d'être une sacrée grande aventure. La mort n'était qu'absence, douleur, manque criant. Alors je souris à l'idée que j'allais peut-être revoir George, revoir Fabrissa, et que ce serait bien.

Non, me dis-je soudain, et cette idée fut comme une écharde me pénétrant la peau. Je ne pouvais pas les rejoindre. J'avais trouvé Fabrissa, mais je ne l'avais pas ramenée chez elle. Pas plus que je n'avais ramené George chez nous.

— Fabrissa…

J'eus beau lutter contre ma torpeur, son nom mourut sur mes lèvres. Je m'enfonçai toujours plus profondément dans les ténèbres comme dans l'impénétrable silence des eaux glacées de l'Antarctique. Un silence de fin des temps.

L'hôpital de Foix

Visages, murs, draps, tout ce qui m'entourait était blanc quand je revins à moi.

J'étais à l'hôpital de Foix. J'ignorais depuis combien de temps, et comment j'étais arrivé ici. J'étais resté inconscient durant deux jours, me dit-on. La fièvre, dont je m'étais cru débarrassé, était revenue se venger en profitant de mon état d'épuisement et d'hypothermie, au point qu'on avait craint un moment pour ma vie.

Pendant quarante-huit heures, je dérivai entre conscience et inconscience. Après ce qu'il était advenu de Néans, passé et présent n'étaient que des mots et le temps m'importait peu, si son passage se mesurait juste par l'addition des secondes, des minutes et des heures.

Mme Galy était descendue jusque dans la vallée de Vicdessos pour s'asseoir à mon chevet. Malgré mon hébétude, j'étais conscient de sa présence bienveillante et de sa main apaisante sur mon front. Dans l'intimité solitaire de la nuit, alors qu'elle ne pensait pas être entendue, elle se laissa aller à parler de son fils parti pour la guerre, comme George, et qui n'en était pas revenu. Elle prononça même son nom, Augustin Pierre Galy, qui figurait avec ceux de ses camarades sur le monument aux morts, au coin de la place de l'Église. Quand la fièvre tomba enfin et que je finis par me réveiller, elle n'était plus là.

Au tout début, je ne me rappelai pas ce qui était arrivé et comment j'avais échoué ici. Baissant les yeux, je vis que j'avais les mains bandées et sentis une pression sur mes tempes. Je me rendis compte alors qu'un pansement m'enserrait la tête, et que ma gorge était irritée, comme si j'avais crié. Ou pleuré, qui sait ?

Peu à peu, mes souvenirs refaisaient surface. Je m'efforçai de reconstituer la suite des événements, depuis l'instant où la voiture avait quitté la route. Il y avait eu une tempête et j'avais eu un accident, cela au moins était certain. Je ne doutais pas non plus d'avoir trouvé mon chemin jusqu'à Néans et d'y avoir rencontré Fabrissa. Mais, à partir de là, tout était confus, embrouillé.

Je me rappelai mon ascension jusqu'à la grotte, puis mes efforts frénétiques pour démolir la muraille à mains nues. Après avoir trouvé par hasard le parchemin, je m'étais faufilé par l'étroit passage qui menait à la chambre aux squelettes. Ceux des gens que j'avais rencontrés durant la soirée à l'Ostal. Les fantômes d'hiver, comme Breillac les appelait, morts depuis longtemps. Fabrissa… En songeant à elle, mes yeux s'emplirent de larmes.

Plus tard, quand j'eus repris des forces, j'appris que les médecins ne s'expliquaient pas la gravité de mon état. Certes j'avais eu une fièvre de cheval et ma température corporelle dans la grotte avait dangereusement chuté, mais je ne souffrais d'aucune blessure pouvant justifier mon état d'épuisement. Les écorchures sur mes mains et mon visage étaient sans gravité, de même que le coup que j'avais reçu en me cognant sans doute la tête. Seule une infirmière, une jolie brune aux yeux de chat originaire de Néans, comprit. Elle savait que je m'étais aventuré dans le tombeau et que la mort s'était immiscée dans mes os.

Les médecins, les psychiatres défilaient dans ma chambre, ainsi que l'infirmière-chef et son troupeau d'aides-soignantes en blouses blanches dont les chaussures à semelles de crêpe couinaient sur le linoléum. En apparence, l'histoire se répétait. Un sanatorium du Sussex, un hôpital de Foix, un patient en pleine rechute. Mais je n'étais pas le même homme. Ils avaient beau m'asticoter et me pousser dans mes retranchements, j'avais les idées claires. Je savais que ce n'étaient pas des divagations. Je n'étais plus drogué, seulement fatigué.

Et puis la certitude du devoir accompli me soutenait. J'avais retrouvé Fabrissa.

Au fil des heures, la mémoire me revenait par bribes, comblant les vides telles les pièces manquantes d'un puzzle. Ma chambre à la pension, le crissement du givre sous mes pieds quand j'avais traversé la place de l'Église en route vers l'Ostal. Une aube pâle éclairant la vallée.

Fabrissa à mon côté.

Le 22 décembre, mes amis vinrent d'Ax-les-Thermes me rendre visite. Après avoir reçu ma lettre, ils avaient vainement attendu de mes nouvelles. Les jours passant, ne voyant rien venir, ils s'étaient informés auprès de Mme Galy qui leur avait appris que j'étais à l'hôpital.

Ils restèrent une heure ou deux. Ce fut par eux que j'appris que ma découverte dans la grotte avait fait du bruit. *La Dépêche* avait consacré une page entière à mon histoire. L'affaire était toute récente et en cette saison, on avait du mal à faire venir de Toulouse des archéologues, pathologistes et experts en tous genres, mais tout le monde s'accordait pour dire que les squelettes dataient de six cents ans. Les divers objets utilitaires retrouvés dans la salle le confirmaient.

Ainsi il ne s'agissait pas d'une tragédie récente, mais d'une histoire bien plus ancienne.

Selon les experts cités dans le journal, les dépouilles remontaient vraisemblablement aux guerres de religion qui avaient sévi au début du XIVe siècle. Des historiens du coin avaient rapporté des faits similaires. À Lombrives, entre autres, les membres des dernières communautés cathares de la région avaient été piégés dans les grottes où ils avaient cherché refuge… Mais personne ne se doutait qu'il existait près de Néans un site qui avait abrité pareilles souffrances.

— Si, Breillac le savait, me murmurai-je à moi-même.

Tout le village le savait. Ma jolie infirmière aussi, Mme et M. Galy, tous avaient grandi dans l'ombre mélancolique qui enveloppait la ville. Pas seulement depuis la dernière guerre, mais au fil des siècles et des conflits. Les habitants de Néans passés et présents, toutes générations confondues, savaient qu'une douleur aussi profonde érode l'esprit d'une communauté au point que sa mémoire même inconsciente en est marquée pour toujours.

Néanmoins, tandis que j'écoutais mes amis parler et percevais dans leurs voix l'excitation qu'ils éprouvaient d'être mêlés même de loin à un mystère historique, le soulagement me gagnait. Car même si je n'avais pas ramené en personne le corps de Fabrissa chez elle, ma découverte de la grotte avait enclenché le mouvement, et ceux qu'on croyait perdus depuis des siècles avaient été retrouvés. Dorénavant, le véritable travail d'identification et d'inhumation pourrait commencer.

Mes pensées retournèrent vers Fabrissa. N'était-ce pas elle qui m'avait conduit là-bas ? Oui, l'éclair bleu entraperçu sur le fond blanc des montagnes, c'était elle… Et l'espace d'un impossible et merveilleux instant, ne l'avais-je pas tenue dans mes bras ?

Jusqu'à la veille de Noël, je n'eus pas d'autres visiteurs.

Ce soir-là, alors que les infirmières allumaient les lampes de la grande salle pour lutter contre les ombres envahissantes du crépuscule, une silhouette de forte carrure, assez insolite en ces lieux, apparut sur le seuil, et je reconnus l'un des deux fils Breillac.

— Approchez, Guillaume.

J'étais sincèrement ravi de le voir. Il s'avança timidement en serrant sa casquette entre ses grosses paluches, presque à contrecœur, comme s'il regrettait déjà d'être venu me rendre visite. Il me déclara qu'il avait quelque chose à me dire, qui le tracassait. Cela ne prendrait pas longtemps.

— Je vous en prie, asseyez-vous.

J'essayai moi aussi de me redresser, mais je dus m'y prendre trop brusquement, car la tête me tourna et je retombai sur les oreillers.

— Voulez-vous que j'aille chercher quelqu'un ? proposa-t-il.

— Non, non, dis-je. Il faut juste que j'y aille doucement, c'est tout.

Il s'assit gauchement sur le bord de la chaise et demeura muet, le regard fuyant, visiblement mal à l'aise, comme s'il ne savait par où commencer. Percevant son malaise, je décidai de lui tendre une perche.

— Combien de temps s'est-il passé avant que vous reveniez à la voiture ?

Cette question concrète aida Guillaume à retrouver ses esprits. Cela leur avait pris trois heures, me dit-il. Quand ils avaient rejoint l'Austin avec le camion de dépannage venu de Tarascon, ils avaient constaté mon absence. Breillac père et Pierre étaient tous deux d'avis que j'avais dû redescendre à Néans, et ils décidèrent de s'occuper de la voiture. Mais Guillaume n'arrivait pas à chasser de son esprit mes regards obstinément fixés sur l'autre côté de la vallée, il gardait en tête les questions que je lui avais posées sur les

escarpements et les grottes qui s'y trouvaient. Plus il
y réfléchissait, plus il était convaincu que j'étais parti
explorer ces lieux.

Contre la volonté de son père, Guillaume avait persuadé le mécanicien de rouler jusqu'à Miglos plutôt
que de retourner à Tarascon. Puis il était descendu
de la route jusqu'au plateau et avait repéré des
empreintes sur le sentier montagneux. Étant donné
l'heure tardive et la température qui était à peine au-
dessus de zéro, il était certain que c'étaient les
miennes.

— Mais une fois là, monsieur, il était difficile de
savoir par où vous étiez allé. Le sol gelé était trop
dur pour avoir gardé trace de votre passage. Et il y
avait tant de voies possibles.

» J'entendais mon frère m'appeler de la route. Ils
s'impatientaient, certains que c'était en pure perte.
Moi-même je commençais à avoir des doutes. La
lumière baissait. Ce n'était pas raisonnable de continuer des recherches dans ces conditions. Mais je
savais aussi que si jamais, au lieu de retourner à
Néans, vous vous étiez aventuré dans ces lieux tout
seul par ce froid, vous ne passeriez pas la nuit. Alors,
j'ai vu...

Guillaume s'interrompit en rougissant.

— Quoi donc, Guillaume ? le pressai-je. Qu'avez-
vous vu ?

— Je ne sais pas trop, monsieur. Quelqu'un. Je
vous le jure, sur ma vie, j'ai vu quelqu'un me faire
signe pour attirer mon attention.

Mon cœur cessa de battre.

— Une femme ?

— Je n'en sais rien. J'étais trop loin, vous comprenez ? Tout ce que j'ai vu, c'est un éclair bleu, un long manteau bleu. Je me suis dit que ce pouvait être vous, en admettant que vous vous soyez changé dans la voiture avant de vous mettre en chemin.

— Non, ce n'était pas moi.

— Vous en êtes sûr ?

— Sûr et certain.

Guillaume soutint mon regard un instant d'un air de doute, puis il détourna les yeux.

— J'ai grimpé jusqu'à l'endroit où j'avais aperçu la silhouette, mais il n'y avait personne. Je ne savais trop qu'en penser. Alors j'ai vu, pas exactement des empreintes, mais des marques sur le sol, menant vers la paroi de la falaise. En y regardant de plus près, j'ai distingué l'ouverture de la grotte cachée sous l'escarpement.

— Eh bien, heureusement pour moi, Guillaume, constatai-je.

— J'ai appelé mon père et Pierre…

— Ils pouvaient vous voir ?

— Non, ils étaient trop loin. Et il faisait presque nuit. Mais ils pouvaient m'entendre. Il régnait un grand silence. En hiver, seuls les arbres persistants gardent leurs feuilles, et les sons portent mieux.

— Oui, je comprends.

— J'ai découvert les gravats dans le passage, là où vous aviez démoli le mur, puis je me suis enfoncé à votre suite pour déboucher dans la grande salle, et dans la grotte au-delà… Mon père nous a toujours dit que… Mais vous étiez inconscient, vous respiriez à peine. Il fallait que je m'occupe de vous en priorité. Pour le reste, on verrait plus tard. Il fallait vous sortir de là pour que vous receviez des soins au plus vite… Vous êtes sûr que ce n'est pas vous que j'avais aperçu un peu plus tôt ?

— Je vous le certifie.

— Parce que voyez-vous, je vous ai trouvé étendu là, recouvert d'une cape bleue. Cette cape était du même bleu que la longue robe qui recouvrait le corps de la femme allongée à côté de vous. Et la personne qui m'avait fait signe… elle aussi portait ce même bleu.

Nous touchions là à un point essentiel, mais Guillaume se refusait à croire que les superstitions de son père puissent être fondées, et je ne l'en blâmais pas.

— Sans doute un jeu de lumière, suggérai-je.

Guillaume hocha la tête. Je ne l'avais pas entièrement rassuré, mais il m'était reconnaissant. Pour lui la question était réglée et il n'y reviendrait pas. Il plongea la main dans sa poche.

— Et il y avait cela, monsieur, dit-il.

Il me tendit le parchemin que j'avais ramassé dans la grotte.

— Vous le teniez tellement serré. Je me suis dit que ce devait être important.

Il se pencha et le posa sur le lit à côté de moi. Sur le blanc des draps, le jaune du parchemin ressortait.

La gratitude m'envahit.

— Merci. Merci du fond du cœur, dis-je en le prenant. L'avez-vous lu ?

— Non, il est trop ancien. Et puis il est écrit dans la vieille langue.

— En occitan ? Mais vous devez sûrement le comprendre…

Je m'interrompis de crainte de le mettre dans l'embarras. Peut-être ne savait-il pas lire ?

— Eh bien, Guillaume, je vous dois une fière chandelle, repris-je. Si vous n'aviez pas persévéré… Vous m'avez sauvé la vie.

Fabrissa. Toi aussi je te dois la vie, ajoutai-je en mon for intérieur.

— N'importe qui aurait fait pareil, répondit-il d'un ton bourru en se levant.

Ce n'était pas le genre d'homme à tirer gloriole de ses exploits, et à présent qu'il avait rempli son devoir, il avait hâte de s'en aller.

Je savais qu'il se trompait. Même si George m'avait raconté les actes d'héroïsme dont il avait été témoin, tout homme n'était pas prêt à risquer sa vie pour sauver celle d'un autre.

— Vaut mieux que je m'en retourne, maintenant, dit-il.

— C'est vraiment très gentil à vous d'être venu me voir, Guillaume. Si je puis faire quelque chose pour vous remercier…

— Non, s'empressa-t-il de répondre. Au fait, mon père m'a dit de vous transmettre ses remerciements. Que vous comprendriez ce qu'il entend par là.

— Oui, je le crois, répondis-je après une petite hésitation. Eh bien faites-lui mes amitiés. Ainsi qu'à Mme Galy.

— Je n'y manquerai pas.

— Joyeux Noël, Guillaume.

— Vous aussi, monsieur.

Sur le seuil, il remit sa casquette et s'attarda un instant. Sa large carrure masqua la lumière qui venait du couloir. Puis il disparut.

Je rapprochai le parchemin de mon visage, envahi d'une émotion indescriptible. Car je savais qu'il m'était destiné, même si pour l'instant je n'étais pas capable d'en comprendre le sens. C'était une lettre de Fabrissa pour moi. Non, pas pour moi. Elle s'adressait à la personne, quelle qu'elle soit, qui saurait écouter les voix des âmes errant dans les montagnes et les ramènerait chez elles.

Je l'ouvris et l'aplatis de la main. On aurait dit que l'auteur de la lettre avait manqué d'encre, de lumière ou de force tant son écriture était embrouillée, irrégulière. Les lignes se chevauchaient. Je ne parvenais toujours pas à la déchiffrer, mais cette fois, je repérai la date en bas de la page avec trois initiales. FDN.

F pour Fabrissa ? Je voulais y croire. Mais à quoi correspondaient les deux autres lettres ? Il faudrait attendre pour le découvrir.

Épuisé, je reposai ma tête sur les oreillers.

Il n'y avait aucune explication logique ou rationnelle à tout cela. C'était arrivé, point final. Un moment, je m'étais glissé dans une fissure du temps et Fabrissa était venue à moi. Fantôme, esprit ? Ou femme bien réelle déplacée de son époque en ce froid mois de décembre ? Cela échappait à mon entendement, mais qu'importe. Je le comprenais maintenant. Seules comptaient les conséquences. Fabrissa m'avait demandé mon aide et je la lui avais donnée.

Elle était mon amour. Grâce à elle, j'avais affronté mes propres démons. Elle m'avait libéré, et j'étais à nouveau capable de me tourner vers l'avenir. Pour moi, le temps s'était arrêté un certain 15 septembre 1916. Sans elle, ce piège se serait inexorablement refermé sur moi, comme en ce 11 novembre 1921 à la cathédrale de Chichester, quand j'étais resté figé de douleur devant le mémorial dédié au Royal Sussex Regiment, incapable de supporter plus longtemps de ne pas savoir où George était tombé. Comme un certain soir d'anniversaire dans un restaurant chic de Piccadilly, quand avec l'œil d'un condamné, j'avais regardé le champagne s'écouler d'une bouteille renversée sur la table.

Je fermai les yeux. Autour de moi résonnaient les bruits familiers d'un hôpital. Le grincement d'un chariot ou d'un fauteuil roulant au loin dans un couloir. Et quelque part, invisibles, des voix chantant Noël.

TOULOUSE

Avril 1933

Retour à la rue des Pénitents-Gris

— Et me voici, conclut Freddie. Je n'ai pas réussi à venir plus tôt.

Il se radossa au fauteuil, tenant à la main son verre à fond épais.

Les ombres s'étaient allongées tandis qu'ils conversaient. À travers la grille métallique de la vitrine, le soleil de fin d'après-midi projetait des motifs en formes de diamant sur le sol de la boutique.

Saurat le dévisagea un moment sans rien dire.

— Et durant les cinq dernières années ? s'enquit-il après s'être s'éclairci la gorge.

— Je suis rentré en Angleterre. Pas tout de suite, mais quand j'ai compris que... Et puis il y a eu la crise de 29, le peu de biens que j'avais ont perdu leur valeur en une nuit. Il me fallait donc impérativement trouver un moyen de gagner ma vie. J'ai loué un petit appartement à Londres et j'ai obtenu un emploi à l'Imperial War Graves Commission[1].

---

1. La Commission impériale des sépultures de guerre, constituée par charte royale le 21 mai 1917. *(N.d.T.)*

Assez modeste, mais suffisant pour subvenir à mes besoins.

— Je comprends.

— Nous avons inauguré le monument dédié aux morts de la bataille de la Somme le 1er juillet 1932. La veille de cette bataille, le régiment de mon frère, le 3e bataillon des Southdowners, était monté à l'assaut des lignes allemandes. Après avoir réussi à les pénétrer, pour finir, ils étaient tous tombés sous les rafales des mitrailleuses ennemies. Une véritable hécatombe. En moins de cinq heures, dix-huit officiers et près de trois cent cinquante hommes du Sussex périrent. Le lendemain, la principale offensive commençait.

— Et depuis lors ?

— J'ai voyagé surtout en France et en Belgique. Je fais partie de l'équipe responsable de l'entretien de tous les monuments funéraires dédiés aux soldats, stèles, croix du sacrifice, cimetières.

— Afin que nul ne soit oublié.

— Oui. George, le fils de Mme Galy, les Ariégeois, les Southdowners, tous ces braves gars que nous avons perdus, il ne faudra jamais les oublier. Et surtout se rappeler qu'on ne doit plus laisser pareil massacre se perpétrer.

Freddie s'interrompit. Ce n'était ni l'heure ni l'endroit. Il but une gorgée d'eau-de-vie, puis reposa prudemment le verre sur la table et poussa vers son compagnon le parchemin posé sur le tapis en feutre vert.

Saurat regarda un instant Freddie dans les yeux, mais il n'y lut aucune impatience ni anxiété, seulement de la résolution. Quel que puisse être le contenu de la lettre, l'Anglais n'en serait pas surpris.

— Vous êtes prêt ?

— Oui, je suis prêt, confirma Freddie en fermant les yeux.

Saurat ajusta ses binocles et se mit à lire.

Os, ombres et poussière. C'est la fin. Les autres ont disparu, happés par les ténèbres. Il ne reste que moi. Pour m'entourer en mes derniers instants, seul subsiste le souvenir de ceux que j'ai aimés. Il vibre tel un écho dans l'air immobile.

Solitude, silence. Peyre sant.

La fin approche et je l'accueille comme un ami familier, longtemps attendu. Ici la mort lente a fait son œuvre. Un par un, chaque cœur s'est arrêté de battre. Mon frère en premier, puis ma mère et mon père. Je n'entends plus que le bruit de ma respiration et celui des gouttes d'eau qui suintent des parois moussues de la grotte telles des larmes. Comme si la montagne elle-même pleurait les morts.

Quand nous avons entendu leurs pas, nous nous sommes crus en sûreté. Puis vint le bruit de pierres et de rochers qu'on empile, suivi de coups de masse sur le bois, mais nous ne comprenions pas encore qu'ils s'occupaient de sceller pour de bon l'entrée de la grotte. De refuge, cette cité souterraine est devenue notre tombeau.

Je n'en ai plus pour longtemps. Mon corps ne m'obéit plus. Ma dernière chandelle se consume. Et ce sont là mes dernières paroles. Si j'écris, c'est afin que ceux qui viendront après nous connaissent la vérité. Voici mon testament : grâce à lui, vous saurez comment des hommes, des femmes, des enfants vécurent et moururent piégés en ce coin oublié du monde.

Je ne crains point la mort, mais l'oubli. Un jour, quelqu'un nous trouvera. Et il nous ramènera chez nous. Quand tout sera fini, ces mots resteront.

Et je terminerai par cette dernière vérité. Ce sont ceux que nous choisissons d'aimer et ceux qui nous aiment qui nous font ce que nous sommes.

Peyre sant, Dieu de bonté, aie pitié de mon âme.
Prima
En l'an treize cent vingt-neuf de notre seigneur.

— Quelqu'un nous trouvera, répéta Freddie.

Saurat le scruta par-dessus ses bésicles. Il laissa aux mots le temps de résonner dans le silence de la petite boutique tapissée de livres anciens.

— Printemps 1329, dit-il enfin. Il y a plus de six cents ans.

— Oui, acquiesça Freddie en ouvrant les yeux.

Les deux hommes se regardèrent. Seuls le tic-tac de l'horloge et les grains de poussière dansant dans les rayons obliques de la lumière d'après-midi indiquaient la marche du temps.

— Êtes-vous retourné à Néans ? demanda Saurat.

— Oui. Plusieurs fois… M. et Mme Galy sont toujours là et leur petite pension prospère. L'ambiance a bien changé. Comme si le village était redevenu lui-même.

— La chappe de tristesse s'est dissipée ?

— Oui. À présent, Néans est connu comme centre de randonnées pédestres au sud de Tarascon. Guillaume Breillac gagne bien sa vie comme guide de montagne. On parle même de construire un funiculaire pour transporter les visiteurs jusqu'aux grottes. La fréquentation n'approche pas celle de sites touristiques comme Lombrives ou Niaux, mais qui sait ? Avec le temps...

Freddie regarda vers la vitrine ensoleillée et se demanda, comme souvent durant les dernières années, ce que Fabrissa aurait dit en voyant son village revenir à la vie.

— Les faits de cette histoire sont avérés, confirma Saurat. Au début du XIVe siècle, les membres des dernières communautés cathares existantes furent traqués sans répit et exterminés. À Lombrives, les soldats du comte de Foix-Sabarthès, le futur Henri IV, en retrouvèrent plus de cinq cents, deux cent cinquante ans après qu'on les eut ensevelis vivants dans les grottes.

— Je sais, acquiesça Freddie. J'ai lu des tas d'ouvrages à ce sujet.

— Quant aux gens que vous avez rencontrés à l'Ostal, Guillaume Marty, les sœurs Maury, Na Azéma, Na et Senher Authier, ce sont autant de noms typiquement cathares. Fabrissa également... Pourtant, reprit Saurat après un instant d'hésitation, je ne suis pas sûr que cette nuit-là, tout se soit vraiment passé comme vous le croyez.

Freddie soutint son regard.

— Nous sommes des hommes modernes, Saurat. Nous vivons dans une ère de pensée rationnelle, scientifique. Certes elle ne nous a pas été bénéfique, mais nous ne sommes plus obligés de vivre comme nos ancêtres dans l'ombre oppressante et superstitieuse de la religion, de l'irrationnel, des démons et esprits punitifs. Nous savons qu'on peut expliquer par la psychologie les terreurs nocturnes, les hallucinations, les voix dans le noir. Nous sommes conscients des tours que nos esprits peuvent nous jouer, ces petits esprits sensibles, vulnérables, impressionnables, étriqués… On m'a tenu ces propos un nombre incalculable de fois quand j'étais malade, conclut Freddie en haussant les épaules.

— Êtes-vous en train de dire que les médecins ont raison ?

— Cela se peut, Saurat, mais moi, je sais qu'elle était là. Fabrissa était là. J'ai parlé avec elle, je l'ai tenue dans mes bras. Quand, à Néans, je parcourais les terres désolées qui entouraient le village, elle marchait à mes côtés, aussi réelle que vous qui êtes assis là.

— Et maintenant ?

Freddie ne répondit pas tout de suite.

— Amour, mort, douleur du deuil… Certains moments d'intense émotion ouvrent des fissures dans la réalité par où nous pouvons nous glisser. Dans ces moments-là, je crois en effet que le temps peut se dilater, se contracter, s'entrechoquer en des distorsions que la science ne saurait appréhender. Est-ce là ce qui m'est arrivé quand après mon accident de voiture, je suis resté assommé sous le choc ? Peut-être. En tout cas, que Fabrissa ait autrefois vécu au village de Néans, pour moi, ça ne fait aucun doute. Et qu'elle soit venue à ma rencontre, cela non plus, je n'en doute pas une seconde.

— Vous avez donc foi en quelque chose qui nous dépasse ? Vous pensez qu'il existe une autre dimension que celle-ci ? s'enquit Saurat en regardant autour de lui les rayons chargés de livres.

— Qui peut le dire ? Comme on nous l'a appris, la vie ne consiste pas à chercher des réponses, mais plutôt à apprendre à poser les bonnes questions.

Saurat contempla l'antique parchemin, les mots qu'il avait avec tant de peine déchiffrés et traduits pour son visiteur anglais.

— Pourquoi avoir attendu si longtemps pour en prendre connaissance ? lui demanda-t-il.

— Il fallait que je m'y prépare. Pour moi, c'était aussi une façon de mettre un point final à cette… aventure. De tourner la page.

Saurat posa ses bésicles sur la table et se frotta les yeux.

— J'ai eu comme l'impression que vous saviez déjà ce que la lettre contenait. Que rien ne vous surprenait.

— Ce sont ceux que nous choisissons d'aimer et ceux qui nous aiment qui nous font ce que nous sommes, a écrit Fabrissa, répondit Freddie et il sourit. Pas besoin de traducteur pour comprendre cette vérité.

Le silence s'installa dans la pièce et dans ce silence, les sons du dehors s'immiscèrent tandis que l'horloge continuait à marquer la marche du temps. Un coup de klaxon, les accents tendres d'une voix de femme appelant son enfant ou son amoureux, les bruits d'une ville moderne un après-midi de printemps.

— Qu'avez-vous l'intention de faire de la lettre ? reprit Saurat au bout d'un moment.

— Rien.

— Je vous en donnerai un bon prix.

Freddie se mit à rire.

— Je ne crois pas qu'on puisse donner un prix à ce genre de choses, et vous ?

— Sans doute pas, concéda Saurat. Mais on ne sait jamais... Si vous changiez d'avis un jour ?

— Comptez sur moi, je penserais à vous.

Freddie se leva. Il enfila son manteau, glissa la lettre dans le portefeuille en carton.

— Je vous ai pris beaucoup de votre temps. Me permettrez-vous de vous indemniser pour votre peine ?

— Ce fut un plaisir, protesta Saurat en levant les mains.

Pourtant Freddie sortit un billet de cinquante francs qu'il posa sur le comptoir.

— Dans ce cas, faites-en don à une bonne œuvre.

Saurat accepta d'un petit hochement de tête, sans prendre le billet, ni tenter de le restituer.

Au seuil de la boutique, les deux hommes échangèrent une poignée de mains, manière de sceller entre eux l'après-midi, l'histoire, le secret qu'ils partageaient à présent.

— Et votre frère ? dit Saurat. Lors de vos voyages dans le cadre de votre travail, avez-vous trouvé les réponses à vos questions ? Avez-vous découvert ce qui lui était arrivé ?

Freddie coiffa son feutre mou, enfila ses gants fauve.

— Dieu seul le sait, et cela me suffit.

Puis il s'en fut et remonta la rue des Pénitents-Gris, son ombre marchant devant lui.

NOTE DE L'AUTEUR

En 1328, l'hérésie chrétienne médiévale qu'on dénomme aujourd'hui catharisme avait été pratiquement anéantie. Après la chute de Montségur en 1244 et celle de la forteresse de Quéribus en 1255, les derniers cathares furent repoussés dans les hautes vallées des Pyrénées. De nombreux parfaits et parfaites furent exécutés, ou chassés en Lombardie et en Espagne.

Malgré la perte de leurs guides spirituels, une poignée de communautés cathares persista dans la Haute Ariège, principalement autour de Tarascon et d'Ax (aujourd'hui Ax-les-Thermes), et dans des villages tels que Montaillou. Les tribunaux de l'Inquisition de Pamiers (pour l'Ariège) et Carcassonne (pour le Languedoc) continuèrent à persécuter et à pourchasser ceux qu'ils qualifiaient d'hérétiques. Les détenus furent emprisonnés dans des cachots appelés Murs. L'auteur principal de ces persécutions fut Jacques Fournier, un moine cistercien, qui s'éleva rapidement dans la hiérarchie catholique. Évêque de Pamiers en 1317, de Mirepoix en 1326, cardinal en 1327, il devint pape en Avignon en 1334, sous le nom de

Benoît XII. L'ironie veut que le registre de l'inquisition tenu par Fournier, détaillant tous les interrogatoires et dépositions faites devant les tribunaux, constitue l'une des sources de référence historique les plus riches sur l'aventure cathare dans le Languedoc du XIVᵉ siècle. Le dernier parfait, Guillaume Bélibaste, mourut sur le bûcher en 1321.

Durant les dernières années de l'extermination des cathares, les habitants de villages entiers furent arrêtés, tels que ceux de Montaillou au printemps et à l'automne 1308. Il est attesté que des communautés trouvèrent refuge dans le réseau labyrinthique des grottes de la Haute Vallée des Pyrénées, l'exemple le plus tristement célèbre étant les grottes de Lombrives, juste au sud de Tarascon-sur-Ariège. Traqués par les soldats au printemps 1328, des centaines de villageois, hommes, femmes, enfants fuirent dans les grottes. Fatigués de jouer au chat et à la souris, les soldats de l'Inquisition décidèrent alors de recourir à des tactiques de siège et de bloquer l'entrée. Tous ceux qui se trouvaient à l'intérieur furent enterrés vivants, en une sorte de Massada médiévale.

Ce ne fut que deux cent cinquante ans plus tard, quand les troupes du comte de Foix-Sabarthès, le futur Henri IV, excavèrent les grottes que la tragédie fut découverte : des familles entières, dont les squelettes gisaient côte à côte, os confondus et pétrifiés par les siècles, gardant auprès d'eux leurs derniers objets précieux, furent enfin tirés du refuge de pierre qui était devenu leur tombeau.

C'est ce fragment effroyable de l'histoire cathare

qui a servi d'inspiration à *Fantômes d'hiver*[1]. Le village de Néans n'existe pas.

Pour les lecteurs qui auraient envie d'en savoir plus sur les derniers jours du catharisme, ils trouveront dans *Montaillou, village occitan de 1294 à 1324*, le classique d'Emmanuel Le Roy Ladurie dont la première édition date de 1975, la peinture la plus complète et détaillée de ce que furent la vie, la foi et les traditions de ces communautés dans l'Ariège du XIVe siècle. *De l'héritage des cathares* d'Antonin Gadal, mystique français et historien tarasconnais, mérite qu'on s'y plonge. *Les Derniers Cathares 1290 – 1329*, de René Weis et *Le Dernier des cathares. Pèire Autier*, d'Anne Brenon sont tous deux d'excellents ouvrages sur ce sujet.

Kate Mosse,
Toulouse, avril 2009.

---

1. Une version plus ancienne de cette histoire fut publiée sous le titre *The Cave*, une nouvelle écrite dans le cadre de l'initiative 2009 Quick Reads, à destination des lecteurs du jeune public.

REMERCIEMENTS

Je suis infiniment reconnaissante envers tous ceux qui ont travaillé très dur sur *Fantômes d'hiver*.

Mon agent, Mark Lucas, continue à être une source d'inspiration, un éditeur merveilleux, et il sait toujours prendre les choses du bon côté ! À Marc, Alice Saunders, et tous ceux de LAW, merci.

À Orion, un immense merci à tous les membres des différentes équipes, rédaction, publicité, graphisme, marketing, service des ventes, en particulier à l'équipe de rêve de Jon Wood et Genevieve Pegg, ainsi qu'à Malcolm Edwards, Lisa Milton, Susan Lamb, Jo Carpenter, Lucie Stericker, Mark Rusher, Gaby Young et Helen Ewing ; à Brian Gallagher pour les belles illustrations.

Je n'aurais pas terminé le livre sans l'affection et l'aide pratique de mes famille et amis, en particulier ma belle-mère, Rosie Turner ; mes parents, Richard et Barbara Mosse ; mes complices de promenades avec les chiens, Cath O'Hanlon, Patrick O'Hanlon, Julie Pembery et ma sœur, Caroline Matthews ; Amanda Ross, Jon Evans, Lucinda Montefiore, Tena Ross, Robert Dye, Maria Rejt, Peter Clayton, Rachel Holmes, Bob Pulley et Mari Pulley.

Enfin, sans l'amour et le soutien de mon mari Greg Mosse, et de nos enfants Martha et Felix, rien de tout cela n'aurait vu le jour. C'est à eux, comme toujours, que je dédie ce livre.

Table

Du même auteur :

LABYRINTHE, Lattès, 2006.

SÉPULCRE, Lattès, 2008.

Composition réalisée par NORD COMPO

Achevé d'imprimer en octobre 2011 en France par
CPI BRODARD ET TAUPIN
La Flèche (Sarthe)
N° d'impression : 65938
Dépôt légal 1re publication : novembre 2011
LIBRAIRIE GÉNÉRALE FRANÇAISE
31, rue de Fleurus – 75278 Paris Cedex 06

31/5715/3